La Patera
(Cuentos para tres crisis)

Antonio Garrido Hernández

§

Autoedición

Depósito Legal: MU-1031-2022
ISBN: 978-84-09-42745-1
© 2022

*Fugitivo cristal, el curso enfrena
en tanto que te **cuento** mis pesares;
pero ¿cómo te digo que te pares,
si lloro y creces por la blanda arena?*

(Lope de Vega)

*Has venido temprano a otros asuntos,
y ya no estás. Es el rincón
donde a tu lado, leí una noche,
entre tus tiernos puntos,
un **cuento** de Daudet. Es el rincón
amado. No lo equivoques.*

(César Vallejo)

ÍNDICE

Cuentos para tres crisis

La patera

El mar estaba de mal humor esa mañana. El trajín en la playa era incesante. Tres barcas esperaban a sus viajeros. Los emigrantes se alineaban en silencio delante de la que los organizadores les habían asignado. Cuatro jóvenes mal encarados armados con fusiles vigilaban que nadie asaltara las embarcaciones antes de tiempo. Doscientos metros más atrás en un antiguo chiringuito de playa los aspirantes a ser embarcados pagaban la tarifa establecida por el grupo oportunista de «gestores» de la emigración improvisada. Las vías normales, como el Ferri entre Ceuta y Algeciras o entre Tánger y Málaga solamente podían ser utilizados por viajeros con documentación en regla. Por eso, era necesario que individuos o familias enteras intentaran escapar por rutas ilegales llenas de peligros.

Un joven con la tez oscura encabezaba una de las filas. La barca con motor fuera borda se encontraba a unos cincuenta metros de la orilla dando saltos rítmicos cada vez que una ola le pasaba por debajo. En ella, el patrón esperaba una señal para acercarse cuando sus cómplices de tierra hubieran reunido al grupo que le tocaría conducir a la otra orilla del estrecho sin compromiso de llegar vivos.

Las instrucciones que se habían dado a cada uno eran relativas a la alimentación que se podía llevar. En el mismo chiringuito se la habían vendido a precio de caviar: una botella de agua rellenada y un bocadillo. La estimación dictada por la experiencia era de una travesía de dos a tres horas como mucho. Había que cubrir solo diez millas, pero las corrientes del Estrecho podían desviar la embarcación hacia mar abierto. También había que sortear los grandes barcos que van del Atlántico al Mediterráneo y vuelta desde sus destinos. Una odisea de la que los pasajeros no eran conscientes.

Un grito desde el chiringuito advirtió a los que formaban la fila de que una pasajera joven estaba pagando en especias. Un disparo informó de que su acompañante no estaba de acuerdo. Todos gimieron y algunos maldijeron esa condición humana que hace que la impunidad abra la puerta a lo peor que cada uno lleva en sí mismo. Y, entre lo peor de lo peor, el inevitable mandato que el varón experimenta de introducir el propio pene en la primera vagina que esté a la mano. Un mandato que, a duras penas, la civilización ha conseguido domar en sus mejores momentos. Una condición que había sido mitigada en el mundo civilizado por movimiento como el «yo también» —he sido acosada—. Un término, ese de acosada, que, en las circunstancias de aquella playa, resultaba una bagatela al lado de una violación sin preámbulos, como las que aquellos muchachos practicaban cuando les parecía bien, naturalmente respaldados por el fusil que portaban.

Ya estaban todos rodeando la patera. El patrón dispuso quince adultos en cada borda. Los niños lloraban. Los chalecos no merecían el nombre de «salva vidas». Cuatro de los mozos de la proa empujaron la barca hasta que flotó. Un poco más y ya había agua para arrancar el motor. Los cuatro subieron a los lugares asignados. Las madres apretaban a sus hijos. Había, al menos, tres familias completas de tres o cuatro personas. El motor Yamaha rugió y el patrón tiró del timón hacia sí haciendo girar la barca ciento ochenta grados y enfiló el mar abierto.

Todos iban en silencio sobrecogidos por lo incierto del viaje. Les habían dicho que era corto y que, por eso, no habían abortado la salida a pesar del mal tiempo. Al salir del abrigo de la costa, las olas eran ya de dos metros. El viento soplaba de poniente. La motora lo cortaba. Los saltos que provocaba el oleaje machacaban las columnas de los viajeros. Casi todos venían de ciudades o pueblos situados a no menos de trescientos kilómetros. El viaje había sido andando y en grupo de no menos de veinte para protegerse de asaltos. Los caminos no estaban vigilados, lo que era una ventaja y una desventaja al tiempo. La ventaja era que la policía no los localizaba y la desventaja, que la policía, de descubrirlos, no los protegía. Hacía ya meses que las fuerzas públicas cobraban a los viajeros para no crearles especiales molestias o devolverlos a sus lugares de origen. El caso es que llegaban, antes o después, a las playas de embarque que el boca-oreja transmitía continuamente asegurando a quien quisiera escuchar que eran las más baratas o las más seguras, según la situación de cada uno.

A la media hora, la mayoría de los viajeros ya estaba arrepentido de haber acabado en aquella débil barquita. Aquello era una tortura. El patrón imperturbable mantenía lo que él creía que era el rumbo. Pero, el hecho es que la corriente atlántica que se traslada en superficie hacia el Mediterráneo se sumaba al efecto del viento que llegaba del océano. La niebla impedía ver la costa y una hora después, el patrón ya sabía que no la alcanzarían. De hecho, ya no estaba seguro de que pudieran alcanzar nada firme.

Una fuerte lluvia agravó la situación. Ya no se distinguía el cielo del mar. Es posible que estuvieran navegando hacia alguna parte, pero la ausencia de referencias convertía la experiencia exclusivamente en el tormento del balanceo de las olas, que era cada vez más violento.

Una racha de viento inclinó la barca sobre la pendiente de una ola y cuatro viajeros cayeron al agua. El patrón desoyó los gritos de los que braceaban entre las olas y de los que horrorizados los miraban desde la barca pidiendo que parara. Dos de los caídos eran miembros de una familia —un padre y un hijo adolescente—. La madre gritaba desesperada. El patrón no paró. Gritaba a través del viento que lo hacía por el bien de todos. El viento pronto ahogó los gritos de los que quedaron atrás. El agua estaba a doce grados. Su destino era la muerte, si no se producía el milagro de la aparición de alguna embarcación, aunque fuera de contrabandistas, que abundaban por esa zona transportando alimentos y tabaco de una orilla a otra del Estrecho.

Un pasajero fue hacia el patrón con determinación. Este lo apuntó con una pistola que sacó de su bolsa con rapidez. Su cara era la de quien ha disparado más de una vez, por lo que consiguió calmar su nave. Ya las caras de los viajeros expresaban dos emociones: miedo e ira en unos e ira y miedo en otros. La barca seguía, pero, ya no se sabía hacia dónde.

Cuatro horas después, agotado ya el bocadillo y prácticamente el agua, el único que tenía aún víveres era el patrón. El cielo estaba oscuro y más oscuro que se iba a poner porque se hacía de noche. El patrón repostó el combustible para el motor. Afortunadamente, se había pertrechado para la vuelta porque en la playa que había programado desembarcar no había compañeros que lo surtieran.

Las luces de un gran barco les sorprendieron cuando ya estaba encima. El casco les pasó muy cerca. Una masa de más de veinte metros de altura de obra muerta con otros tantos metros repletos de contenedores los sobrecogió. Gritaron inútilmente, mientras el patrón trató de alejarse de su estela. No llevaba ni una bengala para llamar la atención. El oleaje los levantaba, afortunadamente, en arrufo. Los viajeros se agarraban con fuerza a los cabos dispuestos a lo largo de la eslora de la barca.

Apalizados, los viajeros vomitaban sobre el mar o sobre sí mismos. Los rostros expresaban ya una resignación venenosa que, paradójicamente, paliaba su sufrimiento. Eran ya la balsa de la Medusa. Las madres rezaban en un murmullo incesante. La noche ya se cerraba sobre ellos como una concha negra que aumentaba su inquietud hasta el paroxismo. Las olas se habían calmado en cierto modo, pero, calados como iban, el frío vino a amentar el padecimiento de aquellos aprendices de emigrantes.

Aún, estuvieron desorientados unas horas más en el agua, en una noche de pesadilla. El patrón decidió parar el motor para no quedarse sin combustible y esperar al amanecer —ya sólo le quedaba la lata que le garantizaría volver—. Se puso a dormitar con la pistola en su mano. Pasaron unas horas a la deriva, esperando el amanecer. Qué nervios pueden soportar los olores del cuerpo, que espíritu, por fuerte que sea, puede oír durante horas los lamentos del alma en forma de salmodia medieval aterradora. Pero sus rezos parecían que iban a surtir efecto.

Dios aprieta, pero no ahoga —que se lo digan a los que se habían caído unas horas antes—. De nuevo la paradoja de un Dios estéril alabado, tanto cuando todo va mal, como cuando todo les va bien a los seres humanos. O, lo que es lo mismo, cuando el azar hace que la moneda salga cara. Es lo que ocurrió en el instante siguiente cuando la niebla se disipó y vieron un farallón negruzco enfrente de ellos. Gritaron como derviches dementes. El patrón les gritaba también para que no se levantaran. Uno no le hizo caso y pasó de la alegría a la desesperación en el tiempo que tardó en llegar al agua. Esta vez el patrón, como solo era uno y no había niebla, dio la vuelta en un mar que se había calmado definitivamente al estar a sotavento de aquella muralla de piedra caliza. Lo subieron. Quizá el patrón, a pesar de su rostro oscuro de cuerpo sin alma, también estaba contento. Tan así, que repartió los víveres que le quedaban en la bolsa con los viajeros, que se lo comieron con avidez a pesar de que los bocadillos eran de jamón. Amanecía ya con el cielo despejado y la belleza de la emergencia del sol sobre el agua creando una estela dorada fascinante contrastaba con el aspecto andrajoso de los viajeros.

Siguió navegando mientras buscaba una playa para desembarcar, pero el perfil urbano de la playa que tenía enfrente le hizo cambiar de idea, giró hacia el sur y siguió lentamente la búsqueda. No quería ser detenido por emigración ilegal. Una hora después vio una playa solitaria y hacia ella se dirigió. Al acercarse, el imprudente que se había caído un poco antes se bajó de la lancha confundido por la transparencia del agua. No hizo pie, pero ya no se subió, se dejó arrastrar hasta la misma orilla donde, bruscamente, la profundidad se reducía a unos pocos centímetros. El patrón mantuvo la popa en la parte profunda y los viajeros bajaron por la proa. Una vez vacía la barca, sin decir una palabra retrocedió, viró y salió hacia altamar.

Los viajeros, una vez en tierra, reaccionaron, unos de rodillas, otros de pie y algunos, imitando a la protagonista de Gravity, tumbados en la arena mostraron su alegría —la muerte inminente convierte en alegre cualquier situación alternativa, incluso para los que habían perdido a alguien en el viaje—. La playa era de una preciosa arena rubia. Echaron a correr y se dispersaron por el campo después de cruzar una carretera, pero pronto advirtieron que el campo sería otro mar sin salida. Volvieron y siguieron la carretera hacia el norte. Agotados como estaban tardaron aún dos horas en alcanzar los suburbios de la ciudad que, después de todo, resultó ser un pueblo grande. En un cartel verde con letras blancas ponía: المضيق y debajo: «*Bienvenue dans la ville M'Diq*». Cuando recordaran su aventura ya podrían comprobar que el farallón que habían visto ante ellos era el Cabo Negro que actuaba como un tajamar en las aguas del Mediterráneo occidental.

En efecto, los viajeros habían llegado a la ciudad del Rincón del Medik, una ciudad marroquí a unos veinte kilómetros al sur de Ceuta. La mayoría saltaron de alegría, pues lo habían conseguido. Los que habían sufrido pérdidas no estaban para fiestas y lloraban mansamente.

—Menos mal que hemos llegado —dijo el chico de tez morena—. En Madrid la vida era ya imposible.

—Pero, hemos estado a punto de morir —advirtió un murciano, que llevaba a su familia y se había quedado sin fondos con los pagos a la mafia que los llevaron hasta la playa de San Andrés de Málaga—. La misma, por cierto, en la que habían fusilado a Torrijos hacía doscientos años. Allí comprendieron que la promesa de llegar a su destino era una quimera y viajaron más al sur hasta la playa del Tolmo entre Algeciras y Tarifa en una costosa bajada desde la carretera de la costa. Una carretera desde cuyos miradores los nostálgicos de su vida en Tetuán o Tánger miran la costa africana en días claros como los ojos de algunas mujeres bereber.

Una madre sentada en una piedra abrazaba a su hijo de diez años que temblaba de frío. Buscaba en sus recuerdos tiempos felices. Encontró, no sin dificultad, imágenes alegres del viaje a Madrid a ver el Rey León con sus hijos. Le llegaban retazos de escenas en las que los críos miraban el escenario con ojos de enorme sorpresa. El andaluz puso, a costa de quedarse sin batería, el Emigrante de Juanito Valderrama: «... *adiós, mi España, quería... aunque soy un emigrante, dentro de mi alma te llevo metía...*» canturreaba. Hasta el viajero rapero trataba de seguir una canción que tenía ya ochenta años.

Uno de los viajeros sacó su móvil y busco cobertura para avisar a su familia de Badajoz de que había llegado. En cuanto se asentara —les dijo—, avisaría para enviar dinero y, si las circunstancias lo permitían, organizar el modo de reunirse todos de nuevo. Se sintió aliviado y, ahora, el sufrimiento de la travesía se le aparecía como un recuerdo heroico que le serviría para contarlo cuando alguien le hiciera una entrevista —pensó vanidoso— en el país en el que iban a criarse sus hijos.

Al fondo veían las luces de los coches de la policía. Algún paisano local los habría avisado, pensaron —no podían imaginar que había sido el propio patrón de la barca. Pronto estarían confortados en algún lugar, alimentados y abrigados. Sus ropas de marca, ajadas por el uso probaban el estatus reciente de aquellos viajeros. La bolsa de uno de ellos todavía retenía el logo de Armani. Lo habían pasado mal, pero habían llegado a puerto seguro.

Desgraciadamente, su alegría duró poco. Una hora después estaban todos detenidos y tres horas más tarde, en una devolución en caliente de libro, estaban cruzando a pie las alambradas de Castillejos hacia Ceuta. Los policías marroquíes los empujaron hacia los policías españoles que no los trataron con menos brusquedad. Casi tres meses después de haber empezado su aventura desesperada para intentar emigrar a un país más civilizado y rico, estaban de nuevo en el país hosco y pobre que habían abandonado creyendo tener una nueva oportunidad para sus vidas. España y Europa eran en ese momento un solar humeante lleno de bandas sin control en un paisaje en el que volvían a crecer los bosques medievales. La ardilla podría, de nuevo, ir de los Pirineos a Cádiz sin bajarse de una rama.

¡Qué vergüenza!

El presidente de Hiperdrol contempló el río desde el piso más alto de la torre Electra. Estaba orgulloso de haber convencido al Consejo de Administración para construirla. Todo el mundo en la ciudad sabía, contemplando la torre desde cualquier perspectiva de la ciudad, que su corporación era el fundamento del mundo moderno. Había seguido su construcción desde los abrumadores cimientos de hormigón armado con pilotes de 30 metros de profundidad que transmitían a un estrato de granito todo su peso real y corporativo. Estaba seguro de que ese granito estaba orgulloso de haber participado en aquella erección. Sí, se sentía muy orgulloso. Después vinieron en racional secuencia los sucesivos pisos de hormigón pretensado que permitían grandes luces para que ningún empleado pudiera esconderse y para que, al tiempo, pareciera cumplirse ese rollo de que todos sintieran que eran una familia. Tras la estructura, la piel, así le gustaba llamarla a él, de cristal para que expresara la fría frialdad de tomar decisiones. «¡Qué se creía la gente, que tomar decisiones no requería serenidad, esa prima hermana de la frialdad de la sangre!» Una piel que no permitiría la vista desde fuera. A la ciudad le devolverían su propia imagen deformada y al cielo su propia mentira. Sólo de noche se permitiría que la gente corriente pudiera comprobar, desde la oscuridad que merecen

«¡Que se jodan!», cómo sus empleados porfían en mantener el flujo de energía que ellos consumían. Una energía extraída de cualquier recurso que la almacenara fuera público o privado. «¡Qué gran hombre Tranco y sus pantanos!». «¡Con qué firmeza empleó recursos públicos para que ellos tuvieran ahora agua barata que convertir en oro a precio de gas!» Sabía que eso crearía problemas en hogares «je, je» sin energía. No se daban cuenta que la vida es lucha, que la enfermedad o la pereza no puede ser subvencionada. Un pensamiento cruzó su mente y tensó su garganta: la cara de su niña esa mañana cuando le dijo que le había comprado el caballo que llevaba casi dos días pidiéndole. Miró el estuario desde una altura que no podía compartir ni el alcalde de la ciudad, su amigo Pacho, con el que estudió la ingeniería que los proyectó al mundo profesional que anhelaba. Su padre ya se lo decía: «procura entrar en empresas con muchos niveles de escalafón». Tenía razón, sólo en esas empresas se puede entrar con un contrato temporal y acabar presidiéndola. ¿Cómo podía nadie dudar de su mérito? Había que llegar hasta la cumbre con la misma resolución que había crecido el edificio en el que estaba, con la misma astucia que escondía sus instalaciones bajo el suelo técnico, con la misma inteligencia que había creado aquellos cristales que no dejaban escapar la energía que poderosas turbinas distribuían por el espacio interior. Las moléculas de aire activadas o frenadas por la energía que ellos mismos vendían no podían ser frenadas o activadas por sus hermanas del exterior. Aquel milagroso cristal lo impedía. Era una magnífica metáfora, el leía a Nietzsche, ese filósofo que vertió ácido sobre las falsas ideas morales. «¡Que alivio haber nacido en una época en la que moralina socialoide había sido desahuciada a ese nivel intelectual. La famosa superioridad moral de la izquierda había sido derrotada!». El color morado del cielo le recordó que tenía que recoger la túnica para la procesión de su cofradía. Estaban en esa semana en que la tradición familiar lo vestía y encapuchaba para recorrer la ciudad a ras de suelo. Esa era su penitencia, lo que hacía con gusto por el Cristo que la tradición les había conservado para la piedad moderna, esa mezcla de diversión y contrición por unos pecados que él no recordaba haber cometido. Tres horas al frente de un paso bajo el que iban algunos de sus empleados. Les había costado poco convencer al obispado de que la compañía podía financiar un nuevo paso para la procesión de los martes y así contribuir a la emoción colectiva de la ciudad. Estuvo tentado de proponer a Judas como imagen a venerar, pero lo pareció demasiada ironía para el pueblo. La tarde iba perdiendo su energía. Así veía él el mundo: como un intercambio continuo de energía. El atardecer era la consecuencia de que la fuente primaria, el sol, era tapado por el giro de la Tierra que mantenía su velocidad por el escaso rozamiento con el espacio exterior —un espacio oscuro que un día iluminaría su compañía. La desaparición de esa fuente energética, que dinamizaba las moléculas del aire, la tierra y el agua, provocaba su frenado y «¡era su compañía la que las mantenía activas en las viviendas!». Una misión cósmica, una verdadera misión de trascendencia y no la de esos pringados de las ONG que tanto les presionaban para que las subvencionaran. El mero mentar la palabra subvención le ponía enfermo. Por cierto, que tenía que hacer los Bizum para el club financiero, el club de tenis, el club hípico y el partido, que empezaba una campaña que debía llevarlos a recuperar cuotas de poder cuya pérdida solamente el despiste de la gente podía explicar.

Se hizo de noche y salió de su melancolía recitando en su perfecto inglés a Wordsworth: «*What though the radiance which was once so bright / Be now for ever taken from my sight…*». Le encantaba esa dulzura y energía que emanaba de ese poeta, la fuerza que le proporcionaba para salir de todos los aprietos: «*We will grieve not, rather find / Strength in what remains behind…*». Qué placer le producía sentirse dueño de su mundo. Él era superior. Abajo, en la acera, los tontos.

Su secretaria entró con el orden del día del Consejo del día siguiente. Se trataba de un consejo crucial, pues se iban a subir las tarifas a valores nunca vistos. Habían conseguido que se aprobase un sistema de fijación de precios que les permitía obtener beneficios absolutamente extraordinarios. También habían conseguido que de los vagos se ocupara el gobierno con bonos sociales. Todo estaba preparado. No era consciente de que el mundo había cambiado.

El capitán dio la orden y el escuadrón de antidisturbios en grupo compacto se puso en marcha y empezó a golpear de forma indiscriminada. El consejero delegado recibió un golpe en las corvas y se dobló. Un policía cogió de los pelos a una miembro del Consejo de Administración y la arrastró por toda la sala de juntas. Otro intentó el mismo sistema con el presidente, pero no encontró los pelos —se quedó con el bisoñé en las manos—. Sin ningún miramiento los papeles cayeron sobre el suelo. Dos socios hicieron frente armados con cócteles de Martini. Los vasos explotaban. Una tableta informática voló y le dio en la cabeza a un policía que cayó gritando «¡malditos perro-ricos!» Esa noche cinco miembros del consejo de administración durmieron en el calabozo y el juez los encarceló sin fianza bajo los cargos de «llevárselo crudo» y de «manos en la masa». Un policía que se incorporaba al turno preguntó «¿por qué están estos desgraciados aquí? Tienen pinta de ser inofensivos» «Algo habrán hecho» dijo otro. Los financieros. deprimidos por la situación gritaban desesperados «¡nos tratan como obreros! ¡qué vergüenza!»

El director de la caja

El director de la Caja llegó a su oficina temprano. La comunicación interna de los servicios centrales decía escuetamente: «esta semana muy pocas hipotecas». Era consciente de que se estaba alimentando una borrasca que iba provocar inundaciones por doquier. Tenía mala conciencia. El día anterior una pareja de ecuatorianos se habían sentado delante de él con sus caritas ingenuas y sus ojos brillando ante la mera posibilidad de tener una casa propia.

—Pasen, pasen —dijo el director con cara de buitre escéptico.

—Gracias, señor director —respondieron los dos sentándose en los confidentes creyendo confiados que estaban en una casa decente.

—De modo que se han decidido a tener una casa en España… ¡qué buena idea! Están en el lugar adecuado. Sólo necesitamos una nómina de uno de los dos. ¿Han elegido ya su nuevo hogar?

—Sí, señor director. Una casita dúplex en San Ginés. La promotora es The oportunity S.L.

—Sí, ya la hemos investigado. Se creó una semana antes de solicitar la licencia de obra y cuenta con una amplia experiencia. Seguro que su casa será de gran calidad.

—Sí, señor director.

Tres semanas después estaban de nuevo en el mismo despacho con el mismo buitre escéptico.

—Pues, firmen aquí y aquí y pasado mañana vamos al notario. A partir de ese momento contarán con el dinero en su cuenta para que puedan pagar en el acto de la firma de la escritura. Los intereses son del 6 % anual y la cuota de 1200 euros, por cierto, mayor que la cantidad que figura en su nómina, pero seguro que tendrán sus asuntillos particulares con los que conseguir que les quede algo para comer. Hemos hecho una tasación muy cuidadosa y podrán contar con más dinero del que necesitan para pagar la casa. Lo digo porque se les ve a ustedes gente culta con deseos de viajar.

—Sí, señor director.

—Pues nada, mañana en la notaría. De allí, saldrán ustedes propietarios de su dúplex y podrán hacer planes para mudarse.

—Sí, señor director —dijeron Germania y Patricio.

Germania y Patricio trabajaban limpiando casas ella y limpiando un taller él. Había dejado tres hijos en Ecuador con la hermana de Germania. Mandaban todos los meses trescientos euros para su sostén. El cambio en sus circunstancias los mantenía en estado de embriaguez. ¡Iban a ser propietarios de un ranchito! Por fin la vida les sonreía. Habían llegado a un país decente que los iba a cuidar para que un día pudieran traerse a sus hijos. De momento iban a vivir en una casa nueva. El dinero extra que les dio el banco no lo usaron para viajar, sino para comprarse los muebles imprescindibles.

No eran los únicos beneficiados por la generosidad financiera. El dinero corría por las calles y también los españoles alegres compraban casas nuevas en la ciudad y en la playa. Se compraban coches nuevos y viajaban a Europa. No sabían bien el origen de aquella lluvia de dinero, pero pensaron que era su mérito. España, gobernada por gente inteligente, con bigote o sin él, había encontrado el camino de la prosperidad. Unos creían que era la amistad evidente con los americanos y un aumento de la productividad y calidad de los bienes españoles. Pero el director sabía que todo aquello era un fraude. Que el dinero se prestaba sin más criterio que obtener títulos firmados por insolventes. Antes o después tenía que pasar algo. Lo que él no sabía era que la bomba se estaba cebando universalmente. Todo el mundo financiero vendía paquetes de porquería envueltos en elegante papel cuché. A la fiesta se había sumado madame confianza en forma de agencias de rating que avalaban la calidad de los documentos firmados por aquella pareja de ecuatorianos ilusionados con su nueva casa. El director sabía que todo un edificio de deuda gravitaba sobre la limpiadora de casas y el limpiador del taller. Aquel edifico se hundiría por aplastamiento.

El director de zona de la Caja reunió a los directores de las sucursales más activos en la firma de hipotecas en el gran salón de las oficinas centrales. Era un tipo joven, con zapatillas de deporte en vez de zapatos. Su corbata rosa a juego. Tenía fuego en sus ojos. Tenía un MBA y se sentía dueño de su destino. Ya tenía coche italiano y amante. La semana se le hacía larga esperando el jueves —sus fines de semana empezaban ese día.

—Estamos aquí para agradeceros vuestra productividad. La Caja gana dinero y vosotros también. Estoy entusiasmado con la calidad de vuestro trabajo.

—Sí, señor director —dijeron a coro los directores.

—En Barcelona y Madrid están muy satisfechos. La Caja está «on the top, queridos»

—Sí, señor director.

—Nos han comunicado de la central que el banco ha comprado por valor de 1000 millones bonos del famoso financiero Bernard Madoff. Es el presidente del más rentable fondo de inversión del mundo. Nos van a pagar el 10 % anual.

—Sí, señor director.

Pero el director —de la sucursal— no estaba seguro de que todo aquello fuera a funcionar a medio plazo. Él había enredado, contra su conciencia, a 534 familias en su sucursal. No le salían las cuentas. Pero cualquiera se salía del «Sí, señor director» de rigor.

Corría el año 2009. Germania y Patricio montados en un avión de Air Europa viajaban hacia Ecuador. No volverían, detrás dejaron la casa de sus sueños, una deuda y mucho sudor.

Corría el año 2011. El director de la Caja montado en su coche, al que le quedaban aún 12 plazos del leasing, recorría el trayecto a su casa. Había perdido su empleo. Se había cerrado la sucursal, había desaparecido la Caja. Detrás dejó su capacidad de persuadir incautos y su decencia. Había salido mejor que aquel colega que recibió un disparo —solo uno— en el vientre, con los saludos de un cliente confiado.

«¡Que se jodan!» —dijo pensando en las familias afectadas. «¡Que me jodan!» —dijo pensando en sí mismo.

En el parque

Pasó la página del New York Times que acompañaba al diario El País. Leyó con atención el artículo de Paul Krugman en el especial Negocios y se quedó un rato pensando en qué razón tenía respecto a la salida de la crisis. Se levantó y tomó un trago de café mientras apartaba las flores que perfumaban el ambiente. Dobló el periódico y miró el cielo. Hacía un día espléndido de otoño. El azul era de una intensidad tal que obligaba a que el observador apartara la mirada hacia vistas menos exigentes. Había que reconocer que el ayuntamiento usaba bien los impuestos. Aquel parque era espléndido. Le gustaba transitar por él.

Siempre le había gustado parar y leer el periódico con un café antes de incorporarse al trabajo. Un trabajo en el que encontró la forma de realizar todos sus proyectos. Dobló con cuidado el periódico y cruzó las piernas con elegancia para esperar a la persona con la que estaba citado. Le llamó la atención la noticia de una intervención de la policía en un consejo de administración. Se mesó sus elegantes cabellos blancos y se echó en el respaldo de su asiento a esperar relajado. Desde su sitio veía a niños que jugaban a unos metros. Sus abuelos vigilaban cuidando que las palomas no los golpearan con sus alas. Pero los críos disfrutaban, precisamente, atrayéndolas con migas de pan. Se frotó las manos con delicadeza y recordó el viaje a París tres años atrás. Cómo lo disfrutó con Carmen. A pesar de los años transcurridos todavía se querían. Feliz coincidencia, pues le llegaban amortiguado por los gritos de los niños fragmentos de una canción de Edith Piaf. Un acordeón sonaba con suavidad en contraste con esos días en que aparecía por el parque el organillo estruendoso conducido por quien sabía que el ruido que producía era la garantía de obtener buenas propinas para conseguir que se fuera. Un negocio parecido al de la protección que se ofrece a pequeños comerciantes para que eviten sufrir agresiones de los propios protectores. Con qué alegría le compró aquella sortija en la plaza La Vendôme en París. Una plaza que, *mutatis mutandis* —le gustaba citar con frases en latín por su carácter certero en pocas palabras—, le recordaba a la plaza del Romea. Con qué alegría recibió ella el anillo. El brillante era de una pureza tal que refulgía en su dedo mientras recorríamos las salas del Louvre y ella señalaba alguna obra que le llamaba la atención como la delicada obra de Canova en la que Amor sostiene con delicadeza a Psique… sus manos eran tan suavemente firmes.

Los recuerdos le impidieron darse cuenta de que José había llegado ya. Le tocó el brazo y se volvió. Sintió una enorme lástima por él. Su rostro se había degradado tanto. El clásico Brik de vino en el bolsillo y la barba de tantos días como hacía que no pasaba por

Jesús Abandonado. Se había dejado arrastrar por el desánimo y ya era una ruina. A él no le pasaría eso. Mantendría la dignidad. Ayudó a José a ponerse la mochila y él cogió su carro de supermercado con lo último que le quedaba desde aquel día en el que todo cayó sobre él en forma de desahucio y muerte de Carmen, que no pudo soportar la situación. ¿Cómo podía haber previsto la caída vertical de la bolsa? Acababa de invertir todo lo que tenía siguiendo el consejo de aquel director de su sucursal que lo traicionó. Se atusó su cabello blanco lleno de grasa (qué daría por un champú) y trató de recordar las poesías de Horacio con las que se ganaba la vida recitándola en la misma plaza donde había vivido. Al principio algunos amigos lo miraban con conmiseración, pero eso cambió cuando los vio en la cola de Cáritas esperando un plato de comida con toda su familia. Cerró el termo de café —lo había comprado en Zúrich seis años atrás—. Al alejarse empujó sin querer y pisó el periódico que había estado leyendo. Era de tres meses antes y lo había encontrado buscando en el contenedor hacía un par de noches. Al tiempo Edith Piaf seguía empeñada en ver la vida en rosa. Para él pasó de un negro intenso a un gris pálido cuando se acostumbró a la soledad y al silencio, como un eremita a la fuerza. A partir de ahora sería un San Jerónimo, un monje del capitalismo. Un silencioso *flaneur* de la vida de los demás. Había superado la vergüenza y estaba más allá del bien. Era un ser natural en medio de la más absoluta artificialidad.

En una pantalla en la calle un locutor comentaba la última caída de un gobierno. «Bueno, y a mí qué» —se dijo. Yo estoy bien en el parque.

La máquina seductora

Entré en el bar con ansiedad y no era alcohólico, solo era ludópata. Pedí una cerveza por hacer gasto, pero Pedro ya sabía a qué iba. Me senté en la barra porque estaba ocupada —no podía hacer comprender a la gente que aquella era MI máquina—. El rumor del vicio llegaba primero al trote, pero pronto galopaba sin que yo le apretara las espuelas. Había tonteado de joven con los porros, pero nada que ver con aquella comezón, aquella tortura silenciosa que lo llevaba sin necesidad de pisar el suelo hacia aquella máquina. Era absurdo, lo sabía, pero no podía hacer nada. Su voluntad ya no residía en su cuerpo. Se quedaba cada día entre los frutos y luces de su estructura electrónica. Al contrario que otras mujeres que había conocido, aquella —Lucen la llamaba él— no necesitaba ser adulada o seducida, bastaba con enchufarla. Lo más doloroso era verla en manos de otros hombres. Por eso, solía vigilar el bar para llegar cuando estuviera sola. Pero, otras veces, como ese día, tenía que soportar sus gemidos en otras manos, en otras mentes. A veces, incluso, tenía que mirar fijamente la copa de cerveza para no saltar hacia el desgraciado que había conseguido que ella le diera placer soltando monedas entregándose al extraño como solo merecía él.

Y el caso es que sabía que era un amante antiguo. Que ahora sus colegas de ludopatía no tenían cuerpo al que agarrarse, pues eran las criptomonedas su objeto de deseo. Estos jóvenes, creen, como creyó él, que la motivación de su pasión es ganar dinero, pero eso solo es el cebo. La fuente de esta pasión es más profunda, viene de la Tierra, viene del espacio, viene del Big Bang. Viene de la curiosidad por lo que ha de llegar, por lo desconocido, por la siguiente vuelta del azar combinatorio. El universo entero es ludópata.

Su cabeza aún era capaz de entender la trampa en la que estaba, pero es como el amante que, a pesar de tener responsabilidades familiares, se lanza al abismo de una relación tóxica y abandona a los suyos. Su cabeza también le decía que aquellas casas de juego cerca de los colegios no eran menos culpables de lo que a él le pasaba que un traficante de drogas en forma de gominolas. Esos buscadores de almas inmaduras para torcer sus fustes y hacer emerger en ellos la ludopatía eran unos criminales. Pero ahora, ese crimen, que había acabado con su vida, se extiende y bajo la hipócrita frase de «no juegues si no eres mayor de edad» repiquetea en radios y televisiones. Como si los mayores de edad fuéramos menos débiles ante el fuego que enciende el azar.

Había pensado muchas veces en el origen de mi desgracia: la pulsión del azar. ¿Por qué necesito estar continuamente ante la posibilidad de que unos aguacates coincidan en su posición en la pantalla? ¿Seré subnormal? Por ganar dinero no es, porque estoy arruinado y he arruinado a mi familia. Por recuperar lo perdido, tampoco, pues hace tiempo que mi balance mensual es negativo. Afortunadamente no he perdido mi empleo de abogado en el bufete «Garriga-Mendizábal». Afortunadamente, solo unos pocos amigos saben de mi problema, porque mi familia no puede evitar hacer confidencias. Afortunadamente, no hago caso a ningún consejo. La mitad de lo que gano me lo gasto en el juego. También —tengo que reconocerlo—, le soy infiel a Lucen porque voy al casino, donde me gusta perder en la ruleta. Pero, habiendo tenido casos de divorcio —Miriam todavía no me lo ha pedido aún—, sé que no soy el único. Pero no me gusta jugar en grupo. Esto, como el amor, no permite orgías. Demasiado vulgar.

Una vez leí un libro de divulgación del existencialismo y pude entender que se basa en la vivencia única de la vida. En que, a pesar de la siesta continua que nos permitimos eludiendo la gravedad de la existencia, podemos vivir cada momento con el morbo de su final o de su destrucción. Lo comprendí: el juego hacía de mi un existencialista. El juego, que me mataba, me permitía seguir vivo. Igual que alguien que practica puenting. Yo me tiraba todos los días con los pies atados a la vida para probar la muerte. Hasta ahora volvía todos los días. Aún la sofisticada cuerda que evitaba que al llegar a su final me partiera en dos, funcionaba y regresaba de mis relaciones pecaminosas con Lucen a mi casa donde hacía tiempo que simulaban creer que venía del trabajo o de un café con un amigo. Una simulación que me había instalado en una suprema felicidad de adúltero al que su mujer consentía.

Pero, el mismo goce del azar me convertía en alguien capaz de desafiar a la suerte en cada ocasión. La razón estaba clara: cuando en una discusión de tráfico se llegaba al punto en que mi «interlocutor» podía saltar preso de la ira, sentía la misma sensación embargante que cuando estaba con Lucen. Me la estaba jugando. Me podían partir la cara o, como vi una vez en una gasolinera por el puesto de suministro, me podían arrancar una oreja. Ese riesgo encendía en mí todas las lámparas de Lucen. Ella se materializaba delante mía en forma de conductor a punto de cometer un crimen. Y esa pasión me trajo un día una conmoción cerebral. El ataque fue repentino. Yo no había visto el arma. No sé si han tenido alguna vez o han visto un bloqueador de volante. Pues con eso, con eso me dio en la cabeza. Por eso he tenido tanto tiempo para pensar en mi vida. Primero, en el extraño coma que me permitía reflexionar sin poder hablar ni comunicarme de modo alguno con los que estaban a mi alrededor. Después, cuando pude abrir los ojos y restablecer la comunicación con el mundo y mi vergüenza, seguí pensando hasta hacerme daño. Así tenía que ser si quería salir del abrazo de Lucen. Aquí en el hospital no estaba Lucen. Aquí tengo a los restos de mi naufragio familiar que, a pesar de mi desvarío existencialista, aún me querían.

El trabajador pobre

Había desayunado fuerte: dos huevos, tres lonchas de beicon y un café con leche entera. Se preparó un bocadillo con el beicon que le quedaba a la bolsa y dos salchichas. Miró el frigorífico y solo encontró mostaza, «pues mostaza» —se dijo. Como era invierno se había puesto unas mallas largas, un culote remendado, un chaleco polar sudado y un impermeable, por si acaso —avisaban de que sobre las dos había una probabilidad de lluvia del 75 %, aunque en período corto.

Había empezado su turno. Eran las seis y media de la mañana. Abrió la aplicación y esperó. Compartía el piso con dos compañeros más. Uno de ellos era venezolano y el otro ecuatoriano. Él había nacido en Madrid. Nicolás —el venezolano— ese día no podía salir, porque se había hecho un esguince jugando al fútbol sala en el barrio —¡Qué imprudente! Él ya tenía bastante con pedalear—. Jorge Luis el ecuatoriano estaba desayunando. Empezó a calentar sus músculos siguiendo una rutina de un tutorial de Youtube.

Una vibración en el muslo le avisó de que empezaba la jornada de autónomo. Miró la pantalla y leyó «recogida en café Moderno» y el detalle del pedido: «2 cafés con leche, 4 croissants, 4 ensaimadas y 2 zumos de naranja». Cogió la bicicleta, olvidó la contractura. Eran ya las siete y media. El café Moderno le pillaba a dos kilómetros. Se montó en la bicicleta y salió progresivamente para no lesionarse.

Recorrió la calle Navarra, dobló hacía San Andrés, luego Acisclo Día (un músico), Mariano Girada (un director de la fábrica de la seda), Santa Teresa (una poeta), Marcos Redondo (un barítono), la Gran Vía Francisco Salzillo (un escultor) hacia el río y llegó al café. Le gustaba mirar las placas de las calles con las profesiones de los homenajeados cuando no necesitaba saltarse un semáforo por la prisa. Siempre echó de menos la calle Jaime Basterra (repartidor).

Jaime entró en el Bar, donde ya le tenían preparado el pedido. La chica mulata que se lo dio tenía unos ojos luminosos y una voz preciosa. Miró el destino, metió el pedido en la extraña mochila cúbica de la empresa y salió pitando: «Piii, piii» hacía al salir siempre del local para que ella se riera. No podía perder tiempo, cogió Frenería (talleres de frenos) en sentido prohibido, atravesó la plaza del Cardenal Belluga (eclesiástico borbón), miró hacia el imafronte un segundo y tropezó con un turista, pidió perdón, caló de nuevo los pedales y siguió para que no se enfriase el café del «señoriiito», como decía su abuela que decía una tal Gracita Morales. Avanzó por la calle de los Apóstoles (repartidores como él) y giró a la izquierda en Isidoro de la Cierva (Político que prohibió los sombreros en el teatro) para, de nuevo, torcer a la derecha por la calle San Antonio (predicador lisboeta) hasta la plaza de Santa Eulalia (la patrona de Barcelona). Allí estaba su destino. Entregó el pedido a una joven pareja que, claramente, además de tener empleo, les pagaban bien. Jaime, ni ninguno de sus colegas ciclistas tocaban el dinero. La aplicación del móvil, cuyos servidores estaban en Estados Unidos, cobraba al café y al cliente. El también recibía su parte. En este caso cuatro euros. La pareja le dio 50 céntimos de propina. Al fin y al cabo, un graduado en filología y máster en Literatura comparada europea no merece más. Y no lo merece —le dijeron en el último intento de un empleo apropiado que hizo— porque lo que se reclaman son conocimientos técnicos. Su única salida eran las oposiciones. Pero, el estado tendría un límite, pensaba Jaime. Tenía el propósito de leer toda la literatura posible. Se había apuntado a un club online de lectura que le costaba un viaje en bicicleta al mes. No eran e-books de las mejores ediciones, por eso en sus días libres, del trabajo y de su amiga de los ojos luminosos y la voz preciosa, iba a la biblioteca regional con una lista de lecturas. Sumergido en los libros, navegando por las palabras tan hermosas del español se instalaba en su propio cielo. A sus amigos les pedía: «¡decid conmigo!» y recitaba palabras que le gustaban y no estaban en el habla de todos los días:

Adir-apud-arcano-arrebol-arrufo-asubiar-bardaje-breña-barragana-busilis-cacosmia-caletre-camafeo-cástula-demiurgo-deprecar-estriaje-estragar-elato-falúa-faralá-feérico-gañir-gnosis-maclado-muceta-lendel-latría-jerigonza-jarcia-niel-noema-oblato-odalisca-pábilo-palimpsesto-impetrar-incasto-recato-rubro-saín-sibila-tahalí-titileo-turgente-vahído-volavérunt-yerto-zacateca.

«¡Estás loco!» le decían sus amigos. Pero, él repasaba, al menos una vez a la semana, su lista de palabras preciosas. Era una salmodia que lo curaba. Además, se sabía sus significados: «zacateca», decía, «es un agente de pompas fúnebres que vestido de librea asiste a los entierros». Los últimos, pensaba él, serían los de la carroza con el féretro de Tierno Galván. Su alma titilaba con la belleza de esas palabras que, diccionario en mano, lo llevaban de cumbre en cumbre desde las que divisar espléndidos y feraces valles llenos de palabras, ideas y sugestivas imágenes. A su novia morena la llamaba nubia y, a veces faralá a sus amigos arrufos y a sus enemigos zacatecas. Daba igual el significado, viéndoles la cara y los sentimientos les salían esas palabras para nombrarlos. La repetición consiguió que los que lo rodeaban lo imitaran y dijeran ya arrufo a sus amigos, zacatecas a enemigos y feérico a cualquier cosa sin aristas. Así se llegaba a hermosas confusiones como definir cómicamente a un terraplanista como aquel «que niega que la Tierra es feérica». Jaime se partía de risa con estas interpretaciones, pero gozaba con el baile de las palabras que le robaba al diccionario.

Tres viajes después, se paró a descansar. Llevaba ya cuatro horas en bicicleta —una etapa del Tour— y se sentía cansado. Quería evitar a toda costa las contracturas. Se aplicó una crema y se dio un masaje en cada gemelo. Estaba a la sombra de un cornijal comiéndose el bocadillo cuando empezó a llover. Si duraba, su media de ingresos iba a ser muy pobre. Se puso música y esperó. Le había salido un aviso, pero no lo tomó. Aprovechó para intercambiar mensajes de amor con su chica morena y racializada. Le pidió un vídeo de ella sin cofia y le respondió con un vídeo suyo en el que besaba cómicamente a la bicicleta mientras decía «María, te amo, odalisca mía». María, que ya sabía por él lo que significaba, le reñía diciéndole que no era su esclava sexual, pero que se preparara para el fin de semana que quedaba libre el piso que compartía con sus compañeras del café Moderno. Jaime se estremeció, se puso el impermeable y se lanzó a por los próximos cuatro euros para poder darse una fiesta con María. Tenían planes para formar una pareja estable. Los obstáculos eran los conocidos: precio de los alquileres y deterioro de la edad para ir en bicicleta. Ya veríamos. No podrían tener hijos, pero la sociedad sabrá. Él tenía claro que había muchos jóvenes en África, por lo que no había que preocuparse. El mundo sería marrón un día. Después, ya veríamos. Se reía pensando en los racistas. «¡Estúpidos ignorantes!».

El Lamborghini arrancó poderoso. Su dueño había pedido una cena para cuatro en la Maison. Tenía a una pareja amiga en casa y quería quedar bien. Tan bien que decidió ir él mismo a buscar las bebidas al Gourmet Bar. Escogió el vino y el champán, se gastó trescientos euros. Pagó con su platino y se metió en el coche. El confort que le transmitió confirmó su idea de que había hecho el recorrido que su padre esperaba de él. Acarició el volante de piel y pensó que, aunque aún ganaba solamente trescientos mil euros, la cena de esa noche era su oportunidad de dar el salto definitivo a la cúspide de su empresa. Su ensoñación lo despistó. Advirtió que eran ya las nueve y cuarto. Arrancó y aceleró.

Jaime cogió los siguientes cinco pedidos. El último a las nueve de la noche. Era una cena del restaurante La Maison en la ladera de la Alberca. Un restaurante de dos estrellas michelín que servía un menú para paladares especiales. Gastó las energías que le quedaban en subir la cuesta de la Magdalena (antigua casa de meretrices), cogió el pedido que casi no le cupo en la mochila —de hecho, tuvo que llevar dos bolsas térmicas del restaurante, con promesa de devolución para completar el encargo—. Bajó de nuevo la cuesta. Llevaba todas las medidas de seguridad —faros encendidos, capta faros limpios y chaleco reflectante. Se dejó llevar por la gravedad hasta alcanzar el exclusivo barrio de la Calzada Alta. Al entrar bajo el arco que daba acceso a la urbanización resbaló en el pulido suelo de la calzada y sobre ese suelo recibió la ráfaga de luz de un coche muy bajo y ruidoso. Después un golpe muy violento en su cabeza y el bogavante en mar de gazpacho quedó desparramado por el suelo.

El programa electoral

—Lo de siempre —dijo Manuel con un palmetazo en el mostrador— Segi, pónmelo en la mesa tres —añadió mostrando su condición de cliente antiguo.

Y eso hizo Segi. Después de Manuel fueron llegando el resto de habituales contertulios, unos, sin prisas, los jubilados y, otros, los que pasaban camino del trabajo y los turistas despistados que se metían en un bar pegado a la estación del tren, en vez de en una cafetería elegante del centro.

El ruido iba aumentando en el interior del bar. Los cristales estaban empañados por el frío con el que condensaban el vapor del local. El «*pssssfff*» del vapor que sale de ese tubillo indescifrable a la derecha de todas las cafeteras profesionales con el que calientan la leche sonaba incesantemente. El «*gluaglua*» del sospechoso limpiador de tazas y vasos. Dos minutos y una taza besada por una bella mujer pasa a estar disponible para el beso de un tosco parroquiano. La taza como intermediaria del deseo.

El bullicio en el bar era envolvente, una especie de discreción basada en el grito simultáneo. En este ambiente se pueden hacer las más íntimas confidencias sin que nadie se entere, incluido el destinatario de la apertura en canal del alma.

Antes al vapor se sumaba el humo del tabaco. Ahora, solo vapor. Pero la imagen general es muy parecida y más sana. Tazas de café, besadas o no, que los colombianos llamarían aguachirle, platos con churros y porras, tostadas de aceite y jamón que vuelven vacíos y chorreantes al fregadero desbordado, donde un aprendiz —¿de qué? — aprieta los vasos sobre una brocha que gira al ser apretada, hasta que «aquello» parece limpio.

Unos están en el mostrador —llamada barra—, con o sin banqueta, otros, en las mesas, y un camarero volante va de la una a las otras haciendo equilibrios aprendidos, supongo que en el fregadero. Después de comentar eufóricos la última hazaña del Real Madrid, los titulares de los periódicos disparan los comentarios políticos.

—Madrid está cada vez peor —arranca Manuel— Todo está lleno de emigrantes. Tengo que ir bajándome de la acera.

—Pues yo —interviene José—, tengo un amigo en El Ejido que está hasta los huevos. Tiene una plantación que les da de comer y algo de dinero y luego por las noches los tiene que aguantar en las calles. Además, se ponen en las esquinas, como hacen en su tierra, y parece que te vigilan.

Al tercer vejete en la mesa, Jesús, aquello le parecían tonterías. Él era de misa diaria —de hecho, cuando llegaba al café ya había oído al padre Terencio una homilía que ponía los pelos de punta. El padre

Terencio era un experto en angelología —la ciencia de los ángeles. Esa mañana les había hablado del crimen del aborto con su voz plena de «eses» casi metálicas al final de cada palabra —un rasgo de curas con origen desconocido. Dio cifras espeluznantes de los asesinatos que se cometen todos los años —cientos de miles. De modo que explotó:

—Lo que hay es que cortarles los huevos a todos por consentir el aborto: al Felipe y al Zapatitos, pero, también, al José María y al Mariano que no lo remediaron.

—Pues mi hija tuvo un aborto —intervino Manuel.

—Pero, eso, pedazo de burro, fue porque lo quiso Dios —le aclaró amablemente Jesús.

—¡Ah, bueno! —se alivió Manuel.

—La verdad —intervino José —, es que a mí lo del aborto siempre me ha parecido raro. Además, dijo un político que en Nuevayó mataban a los niños después de nacer. ¡Qué barbaridad!, ¡qué hijos de puta! Eso es cosa de Zapatitos. Falta autoridad. ¡Eso con Franco no pasaba! Además, hacen falta niños españoles, si no, esto va a ser el acabose. Todo lleno de negros.

—Pero, Zapatitos ya no está —le recordó desde la mesa del al lado Marcelino, otro parroquiano.

—Tu siempre has sido muy sociata —le respondió Manuel— Aquí lo que hace falta es autoridad, AUTORIDAD —enfatizó— y si no está Zapatitos, está Pedrito —remató con retintín.

—Sí, ¡vaya un traidor! —dijo Jesús indignado— pacta con criminales y comunistas para seguir en el sillón.

—Pero —objetó Marcelino, que ya se había incorporado a la tertulia y se pasó el café y los churros que le quedaban a la mesa de sus vecinos —, son partidos legales y más vale tenerlos en el redil democrático que haciendo daño. Ya no os acordáis de que Aznarito habló del «Movimiento Vasco de Liberación».

—¡Eso es mentira! — elevó la voz, José— ¿Qué televisión ves tú? —dijo con brusquedad.

—¡Eh!, ¡Para el carro! —se defendió Marcelino.

—Nos tranquilizamos ¡Ay, que democrático me ha salido esto! —intervino Manuel.

—Querrás decir tolerante —atajó Marcelino.

—¡Eso no!, que lo del talante es cosa de Zapatitos —se defendió Manuel.

—Yo te digo, que el Pedrito es un traidor y de ahí no me bajo —remató Jesús.

—Me rindo —dijo Marcelino.

—Te rindes porque sabes que el sanchismo nos lleva a la ruina y no quieres reconocerlo. Mira el paro, que dicen que baja y ayer leí en *Tuite* que ha bajado en toda Europa menos en España.

—En Tuiter, que es como se dice —apostilló el listillo de Marcelino—, puedes leer eso y lo contrario.

—Pero reconoces lo del paro ¿o no? —acosó Manuel.

—Claro, pero es así desde siempre —se defendió.

—Sí, desde la época de mi abuela —Manuel no soltaba la presa.

—No sé cuál es la época de tu abuela, pero en España, desde hace por lo menos cuarenta años sabemos que el paro es muy alto respecto de Europa, ese sitio que tú tanto has recorrido, Manuel, con tu camión. Y recordarás los enormes polígonos industriales que visitabas. Aquí, ya sabes, chiringuitos de playas. Mucho estudiar, mucha universidad, pero más camareros que otra cosa. Y la formación laboral por los suelos.

—Zapatitos.

—¡Zapaleches! Eso ha pasado siempre —se cabreó Marcelino.

—No, con Aznar no pasó —intervino José.

—Aznar, ¡anda ya! —replicó Marcelino— recibió la herencia a la baja del paro de Felipe y entonces tuvo la gran idea de que se construyese en todas partes y de que la energía fuera muy barata, pero las consecuencias ya las sabemos: el desastre de 2008, que todo el mundo dice que la culpa es de Zapatero, que, sí que es verdad que no supo pinchar el abuso de las construcciones a gogó y que hizo la tontería de negar el problema, pero era un problema heredado, que le hubiera explotado a Marianín también, si todas aquellas mentiras sobre los atentados de 2004 no le hubieran hecho perder las elecciones al pobre.

—Nada, nada —insistió Manuel—, los sociatas no traen nada más que paro y miseria. Además de darles lo que no tenemos a los sin papeles.

—Lo mismo que hace los equipos de fútbol —se rio Marcelino—. Están llenos de emigrantes.

—A mí, al Madrid no me lo toques —protestó Jesús.

—No te lo toco, te lo señalo. ¡Mira, mira la alineación! —atacó Marcelino— árabes, negros, sudacas y brasileños.

Un árabe que estaba en la barra cerca de ellos los miró. No se dieron cuenta. El ruido era de bar español. Todo gritaban para sobrepasar los gritos del de al lado. Entró Manolito, un transexual muy conocido en el barrio. Llevaba una peluca larga, muy larga. Alguien, con el palillo entre los dientes, silbó con gran habilidad. Muchos rieron. Manolito no.

—No me le toquéis —dijo Segi, que estaba tras la barra en pleno zafarrancho sirviendo café con leche, manchados, largos de café, cortados o solos.

En una mesa a distancia de la que «coordinaba» Manuel, dos parroquianos encontraron en el desembarco de Manolito la ocasión:

—Estoy de mariquitas, lesbianas y transexuales hasta el mismísimo —dijo el más bizarro, que llevaba la camisa abierta mostrando más pelo que Macrón.

—Ya te digo —confirmó el que le acompañaba.

—Estos sociatas no traen nada más que desgracias. Ahora ya puedes matar a tu abuela que no pasa nada.

—Ya te digo.

—Y matar a los niños.

—Ya te digo.

—Y cortarte las pelotas o hacerte un coñete artificial, y ¡no digas más «ya te digo» —se quejó el del pelo en el pecho.

—Ya… —se calló al ver la cara del peludo.

En medio del ruido, en la discreción de una mesa junto a los aseos, de los que llegaba un tufillo que hacía innecesario preguntar por ellos, un chico joven con el pelo muy engominado y un bigotito anacrónico tomaba notas febrilmente. Llevaba así varios días y Segi, el dueño, empezaba a preocuparse. Al principio pensó en un estudiante, luego en un poeta, pero, ahora, después de «toda esa mierda de los espías» empezaba a sospechar. Por eso, aprovechando que el chico se fue hacia lo servicios se acercó a la mesa secándose las manos en el mandril. La letra no se entendía bien, cerró el cuadernillo y en la portada, en letras mayúsculas, ponía: «NOTAS PARA EL PROGRAMA ELECTORAL». La libreta era verde.

La UCI

«Este tubo no debe ser de mi talla», pensó Tomás cuando notó la molestia que le causaba cuando se lo introducían en la tráquea. Eso fue lo último que recordaba antes de sumirse en el coma inducido.

Había estudiado económicas en la Universidad Cartagenera del Mar. Había estado en el acto en el que el propietario de la universidad había establecido su doctrina científica sobre las vacunas, rechazándolas por ser el vehículo de un chip electrónico portador del poder que Fausto obtuvo a cambio de entregar su alma a Belcebú. Le pareció una revelación. Estaba a gusto con planteamiento de thriller americano, como el informe Pelícano. Esas tramas en las que las versiones oficiales son contradichas. Siempre había sospechado, como en los flujos acuáticos, que por la superficie sólo circula el agua limpia y por las cloacas el agua sucia. Si hasta fue un socialista al primero que le oyó hablar de cloacas. Sí, estaba convencido, te mienten. El problema es que en alguien hay que confiar y el decidió que fuera en quien le decía que «todos mentían». No advertía la falacia en la que incurría. Al final, como en el conjunto de Russell que contiene a todos los conjuntos que no se contienen a sí mismos, en necesario hacer un acto de fe en alguien. Para eso contamos con un mecanismo infalible: la convicción, que no tiene nada que ver con la verdad. Y él estaba convencido de que nos engañan, de modo que había decidido no creen en nadie, excepto en aquellos que le dijeran que «nos engañan». Y por ese agujero —no era una fisura— se colaron todas las demás mentiras: la geometría esférica de la Tierra, la ineficacia de las vacunas —si no su peligro para la salud—, el globalismo del club Bilderberg, la teoría de la evolución, el holocausto nazi, la bondad de las transfusiones de sangre o, pongamos por caso, el código de Manú. Se había convertido en el negacionista perfecto.

Hace ya siglos que negar la realidad «a la vista» se convirtió en signo de distinción y fundamento de dignísimas teorías filosóficas. Así Platón se ha convertido en el filósofo de referencia y dejó dicho que la realidad que nos rodea es una mera copia de otra realidad «más real». Antes que él, a Parménides le parecía que el ruido de las opiniones de toda laya era un mundo falso, aparente, que no dejaba ver a la mayoría la existencia de un mundo llenos de «in»: infinito, inmóvil, inmutable, único, eterno… en fin, el descanso de toda la inquietud que la realidad provoca en los apocados. Esa es una lucha eterna que, el miedo a la muerte aún alimenta. Es el miedo a la muerte el que hace sospechar de que lo que conoces es sospechoso de caducidad y que la «verdadera realidad» está bajo la superficie.

En realidad, lo que ocurre es que lo que conocemos no oculta lo que no conocemos, sino que nos invita a conocerlo. Es la actitud de la ciencia que se sirve sin complejos de lo que está a su alcance para encontrar capas más profundas, cuya expresión es nuestra realidad palpitante. Quién podría renunciar a la «superficie» de su ser amado para buscar la «profundidad» de sus órganos o de sus motivaciones de origen biológico, es decir, la supuesta verdad, su «autenticidad».

Sin ser conscientes de estas contradicciones, nuestro enfermo, en la UCI de un hospital con sus servicios atestados de enfermos por la COVID-19, meditaba sobre si había hecho bien en renunciar a las vacunas cuando el médico le anunció que su estado se agravaba y que tendría que ser entubado en la UCI para tratar de salvarle la vida.

Creyente en la homeopatía —esa falsa ciencia que cree que un cubo de una sustancia curativa disuelto en el Mar Mediterráneo puede producir efectos positivos—. Tomás había gozado de ser un hombre informado de la realidad frente a la inocencia culpable de todos los demás, hasta, justo, el momento en que la realidad le dio un golpe con su sola presencia muda.

Una ira insondable, de alta densidad le impulsó a estrangular al médico que hacía de Casandra. No sabía aquel médico con quién estaba hablando. A él, ÉL, no podía engañarlo. Claramente había una conspiración contra los poseedores de la verdad. Seguramente le habían inoculado algo mientras dormía. Allí estaba él inerme ante la gran conspiración.

Cuando despertó, los vio —a los conspiradores—. Estaban alrededor de él sonriendo, como los vecinos de Mary contemplando la semilla del diablo. Dio un respingo. Pero pronto advirtió que las suyas eran caras que lo miraban a él y lo hacían con simpatía sincera. Se oían aplausos detrás de ellos. Estaba vivo. No lo habían matado. Se puso a llorar torpemente y pensó: «y ahora qué hago yo con mis mierdas».

El desahucio

No me lo podía creer… «¡otro desahucio!». Me llamo Héctor soy policía de Unidad de Intervención Policial y los desahucios no me gustaban, aunque apareciera por allí algún político de izquierdas a chupar cámara y pudiéramos darle algún empujón. En la sesión de mañana nos anunciaron el programa del día y, en él, había un desahucio. Prefería enfrentarme a los indepes en Barcelona que a una familia en apuros. A aquellos les daba a gusto, porque venían a la guerra a jugar el juego de «donde las dan, las toman». Eran unos gamberros que, eso creo yo, lo mismo se peleaban en una grada del Nou Camp que en las ramblas. Incluso luego presumían en sus bares de las «acciones».

Pero un desahucio es angustioso, porque, salvo que se trate de okupas que están en el sitio para fumarse unos canutos —eso ya lo hago yo en mis ratos locos—, nos encontramos con familias que nos miran con los ojos abiertos preguntando qué han hecho mal para dormir en la calle. Yo como policía no puedo plantearme la cuestión. Tengo que actuar siguiendo las órdenes de mis jefes. En las sesiones de mentalización me explican que un país no puede funcionar si la propiedad no es respetada, pero tampoco si las deudas no se pagan. Y cuando no hay dinero para pagar, se paga con la propia casa. Además, yo soy el último eslabón de la cadena que empezó con una denuncia de un acreedor, siguió con el auto de un juez y se remata con la presencia del secretario del juzgado presentando la orden. Nosotros estamos solamente para evitar que haya altercados. Ese es mi trabajo. Sin nosotros la sociedad no funciona. Mi hermana me contó un día que una famosa psicóloga canadiense, que era muy anarquista, se le quitaron de repente todas sus tonterías cuando hubo en su ciudad una huelga de dos días de la policía. Hubo tal cantidad de asaltos y saqueos (llenarse los sacos), que la ciudad quedó a merced de los delincuentes. Comprendió entonces la importancia de nuestra labor. Uso ese ejemplo en las discusiones con amigos o con desconocidos cuando se enteran de que soy policía. A la gente no le gusta que la multen, pero, mucho menos, que la asalten. Por eso, nos odian y nos aman. No se dan cuenta de lo necesarios que somos.

Hoy no tengo ganas de desahucios, nunca tengo ganas de desahucios, pero es que, además, ayer libraba y conocí a una chica maravillosa. Me la presentó mi hermana y con toda suavidad nos entendimos. Había mucho ruido en la discoteca, pero solo la oía a ella; había mucha gente, pero solo la veía a ella. Ya sé lo que es el flechazo. Qué de sensaciones me recorrían el cuerpo. Le dije primero la mitad de la verdad: que era graduado en historia y que estaba tratando de aprobar una oposición para un colegio de secundaria. Ella me contó que no había podido acabar su carrera de piano, porque su padre se había arruinado con unas inversiones en criptomonedas. En ese momento estaba trabajando de cajera en un supermercado. Pero yo, solo entendía lo que me interesaba y ya estaba pensando en cómo le compraría el piano para que me tocara toda la vida. Su sonrisa tenía un punto de tristeza que atribuí a que su signo era virgo, el de los melancólicos. Él no era supersticioso. De hecho, pensaba que todos los meses nacía gente con los rasgos de todos los signos de zodiaco y que, por eso, siempre había alguien cuya personalidad coincidiera con la que se asocia a cada período. Él, sin embargo, era Virgo, pero tenía los rasgos de Sagitario. Aparte de la habilidad con la que se combinan cualidades y defectos en las descripciones estándar. En fin, su condición de historiador recién graduado le hacía adoptar actitudes escépticas. Pero, Marta era real. No se podía dudar de ella. Allí estaba con su sonrisa velada y sus ojos claros. Estuve vacilando —no dudando, sino fardando— toda la tarde. Le hablé de Tucídides y le conté anécdotas de Napoleón y ella me las contó de Chaikovski. Con un beso le rocé la mejilla y le pedí otra cita. Me dijo que ya hablaríamos.

Ya no podía dejar de pensar en ella, la veía reflejada en la visera del casco. La veía en el espejo de la taquilla, la veía en mi cabeza. A pesar de todo salió a trabajar. Fueron días tranquilos. Vigilancia, patrullas un par de altercados callejeros y tres detenciones de alborotadores en manifestaciones por la crisis.

La crisis estaba apretando fuerte en algunos barrios. Ya había habido tres suicidios de gente expulsadas de sus casas. Uno de ellos, con gran sentido de lo escénico, lo había hecho esperando a que llegáramos nosotros y la televisión. Se dejó caer sin atender a los ruegos de un psicólogo de la policía. Antes de caer gritó: «¡que le lleven mi cabeza al director de Caja Mater Amantísima!». Cayendo no dijo nada, el tío.

Desde luego, el trabajo de policía —que significa, entre otras cosas, «limpieza»— es duro. La gente no sabe los tragos por los que tenemos que pasar al cabo del día. Es fundamental mantener la calma para conseguir que el ciudadano alterado por alguna circunstancia no sobrepase determinados límites. Es una especie de fuerza serena. Al cabo, si los nervios se disparan hay que intervenir con fuerza proporcional. Se empieza empujando, pero atentos a no ser embolsados por los elementos provocadores que vienen, tanto a los eventos políticos, como a los deportivos. Es una especie de ser humano en incesante estado de bronca. Una especie de John Wayne que necesita estar rompiendo crisma sin cesar. Pues eso, hay que actuar con cuidado y pasar a la siguiente fase solo si es preciso. Esta fase supone golpear en las pantorrillas a los más tenaces para que retrocedan. Pero los hay que, para sorpresa mía, dan patadas a los escudos y buscan el enfrentamiento directo. Cuando se ha probado todo sin éxito, llega el momento de las pelotas de goma. El peor de todos. Se han probado muchos tipos de pelota. Las principales son de caucho verde para distancias de 50 metros y las negras para distancias de 75 metros. Un mal cálculo y alguien pierde un ojo —raramente un inocente peatón—.

La policía contiene la ira de la gente, que se manifiesta en un semáforo por una pitada a destiempo. Es suficiente para que se baje del coche y de forma desafiante se dirija al coche de atrás. A partir de ese momento todo va a depender del temperamento de los «contendientes». Hace unos años en una gran ciudad española una pareja de mediana edad circulaba por una importante vía cuando otro ciudadano, que acababa de aparcar a la derecha, abrió la puerta de forma imprudente. El conductor del coche en marcha esquivó la puerta mientras la mujer hacía un signo con los dedos que no agradó al destinatario. Este volvió a su coche, persiguió a la pareja hasta cerrarles el paso. Una vez parados sacó un arma y disparó a la mujer. El marido huyó, pero fue perseguido, tiroteado y rematado en el suelo. Un crimen absurdo, pero una prueba palpable, resumen máximo, epítome de sorda ira que se manifiesta en tantos episodios cotidianos. Mis colegas expertos de violencia de género me informan de casos espeluznantes de ira machista desde edades tan tempranas como los catorce años. Pues bien, en mi opinión de historiador y policía —una extraña combinación, lo reconozco— todos estos casos tienen que ver con el desprecio real o imaginario que el agresor experimenta. Os cuento: hubo un filósofo muy célebre entre sus colegas que describió un caso especial de objeto de deseo para el ser humano. Se trata del propio ser humano. Tal parece que cualquier objeto atractivo: un coche, una casa o un reloj, son atractivos fundamentalmente hasta que se poseen. Después todo es rutina. Se disfruta distraídamente. Solo en el proceso de adquisición su fuerza es realmente potente. Es decir, se agota su atractivo con el uso. Sin embargo, el deseo de otro deseante tiene una ventaja: deseas a algo que «puede» desearte a ti. Ahí está su poder, en desear que te deseen. No eres nadie, si nadie te desea. Esa es la explicación de toda violencia: la frustración de ese deseo de ser deseado. El jovenzuelo que es dejado por una novia; el compañero policía que ve mermada su autoridad por un ciudadano insolente; el ciudadano que ve mermada su dignidad por una acción autoritaria de un compañero; el chófer de autobús que es desobedecido por un viajero; el ministro que grita «¡Usted no sabe quién soy yo!»; o el joven que se suma a una pandilla, tribu o mara en la que ser querido y, por fin, el Putin que se siente menoscabado en las reuniones internacionales y es capaz de acabar con el mundo para ser querido, al menos, por cien millones de rusos que ven en él al padrecito que, al tiempo, les puede querer a ellos. El ser humano, concluyo, es un ser anhelante de amor que puede destruirlo todo si es frustrado en ese anhelo. Hay en Estados Unidos un grupo que se llaman «célibes involuntarios», que reivindican, más allá de la propuesta de Alana —que fue quien propuso la expresión—, la violencia como forma de obtener el favor de las mujeres. Han cometido graves crímenes para dar publicidad a sus posiciones.

Esa ira también toma formas políticas que yo como policía, y especialmente como policía de intervención, vivo con estupefacción en las calles. No queda más remedio que reprimirla cuando se convierte en dañina, pero también deben psicólogos y sociólogos explorar causas y formas de prevención. Los policías debemos estar solamente para cuando, aunque sea como resultados de la negligencia de los gobernantes, se dan conductas peligrosas.

Estaba yo, como policía extravagante, en esas cavilaciones, cuando recibimos la orden de pasar a la acción. Íbamos a un desahucio. «¡No, otro desahucio!» pensé.

Nos vestimos, cogimos cascos y escudos, rifles y munición polimérica. Ya en los furgones, vaivenes del conductor —creía que así se tomaba venganza de cómo lo trataron a él en la mili—. Íbamos dándonos ánimos. Dos de nosotros comentaban el partido de Carlos Alcaraz. Otro se lamentaba —tiene gracia— del coste de su hipoteca. Era la prueba de en qué nos convertimos cuando somos como Jano seres de dos caras. Una, la individual, con su gloria y su miseria y, otra, cuando formamos parte de una institución, momento en que nuestras cosas pasan a segundo plano para actuar como partes de un mecanismo regido por protocolos escritos en el gabinete de la razón. Las instituciones son el espigón en el que se absorbe la energía de las emociones para calmar el mar de la convivencia.

Llegamos animados al lugar, bajamos rápidos, cargados de energía. Nos dispusimos en dos líneas y esperamos órdenes. La gente de la plataforma antidesahucio estaban ocupando toda la calle. Había gritos y, al vernos, arreciaron las voces:

—¡Policía asesina!

«¡Qué barbaridad!», pensé. En España la policía es civilizada y cumplidora de los protocolos. ¿Cómo se puede decir eso? Aquí no se persigue a quien lleva un piloto trasero roto hasta matarlo en el suelo.

Bueno, estábamos acostumbrados y cada uno pensaba según sus posiciones políticas. A mi lado un compañero mascullaba contra los «perroflautas» y otro pensaría, por lo que yo le había oído en otras ocasiones, que tenían razón protestando. El caso es que cuando llegó el secretario del juzgado recibimos órdenes de mantener a la gente a veinte metros del portal de acceso al piso afectado. El secretario bajó de nuevo a pedir ayuda para entrar en la casa porque habían atrancado la puerta. El teniente nos señaló a cuatro para la acción. Dejamos los escudos en el furgón y subimos rápidamente con las porras reglamentarias. Uno de los compañeros llevaba un ariete para derribar la puerta, si era necesario. Y fue necesario. Se dieron las voces de rigor. La puerta era de buen roble. No fue fácil derribarla. De hecho, si se hubiera tratado de un asalto a un piso donde se acumulara droga, les habría dado tiempo a deshacerse de ella varias veces. Tampoco es el caso de usar un cañón. La familia gritaba: «¡No somos delincuentes!». Cayó la puerta, entramos y un hombre mayor nos tiró un jarrón. Uno de mis compañeros se fue hacia él y le golpeó, como es reglamentario, en las corvas. El hombre cayó al suelo. El casco se me empañó con la agitación de mi respiración. La que debía ser su hija salió de una habitación y atacó al compañero con lo que creí que era un cuchillo —luego resultó ser la pata de una silla astillada—. Me interpuse mientras la empujaba violentamente. Todo sucedía con sentido profesional hasta que al sujetarla en el suelo para esposarla experimenté el mismo escalofrío que en la discoteca. Era Marta. Maldecí mi suerte.

Y el quiosco cerró

Martín estaba en la gloria sentado en aquella mesa del pequeño bar italiano. Había pedido un cappuccino y dos croissants. Abrió el periódico con delectación por la página de opinión. Siempre lo hacía así. Dejaba los casos concretos de la política o la sociedad, el deporte o sucesos para el parque. Antes paladeaba lo que otros pensaban mojándolo en café y llevándoselo a la mente mientras dejaba que destellos de conformidad o discrepancia lo inundaran de placer. Además, mordía el croissant. Armado de ideología de campanario y sin un farmacéutico o un sargento de la guardia civil que echarse a la discusión se levantaba y se iba a sentar en su banco favorito. Estaba este banco bajo un platanero frondoso que lo protegía del sol mañanero hasta las doce como mínimo. Ese platanero tenía de especial que unas ramas de buganvilla lo habían invadido para que él, Martín, pudiera disfrutar del contraste entre el verde vida de las hojas y el violeta feminista de las flores. El banco está a unos quince metros del quiosco en el que se había comprado, como todos los días, el periódico media hora antes. Era el quiosco de Pepe, que con sus sesenta y ocho años se quejaba cada día, desde hacía treinta años de lo que manchaba el papel. Siempre llevaba unos guantes de lana para protegerse de los pigmentos que escapaban a la labor de fijación del aglutinante de la tinta.

Martín estaba leyendo una noticia que no le sorprendió tanto como le dolió. Resulta que habían cerrado ya cuatro quioscos en la ciudad.

¿Qué mató a los quioscos? Lo que todo lo mata: la tecnología. Esa era una vieja idea suya. El factor más poderoso de cambio es la tecnología. A las feministas no les gusta, pero la liberación de la mujer llegó con los electrodomésticos. Su lucha fue el último empujón que la conciencia da a lo que percibe tardíamente: que el mundo ha cambiado. La tecnología trajo el papel y la pólvora. Es decir, la comunicación que une y la guerra que desune. La tecnología resultó de la curiosidad de Galileo o de Newton, como de la curiosidad de Maxwell o Einstein, pero, una vez presentes como curiosidad —vean el cuadro de Wright con las caras de los niños sufriendo con el pajarito sin aire—, que muestra el carácter recreativo del conocimiento, llegan los gobiernos y las empresas a comprender el potencial de todo aquello. Una corriente subterránea alienta en nosotros: la curiosidad, el interés por conocer cómo funciona el mundo. Pero la curiosidad pronto se transforma en manos del poder. Del poder hacer las cosas bien, como las hace la medicina, o el poder de hacer las cosas mal, como las hace la política cuando actúa como un niño caprichoso que quiere lo que no es suyo.

La curiosidad trajo la navegación y el colonialismo; la interpretación del cielo y la amenaza nuclear; la ropa de diseño y el calentamiento global. Pero, ahora lo sabía, también la tecnología ha traído la comunicación inmediata, pero ha acabado con los quioscos. Qué noble destino morir a manos de Galileo.

Martín fue consciente en ese momento del carácter sagrado del papel que tenía en sus manos. No era tanto papel como, ya, un espectro. Su imaginación disolvió la hoja en el aire lo dejó con las manos vacías. Comprendió a qué velocidad todo lo material iba perdiendo su corporeidad para quedar, prácticamente, en un repiquetear rítmico —como de morse— en cada cabeza. Dejándose llevar por el disparate pronto se vio recibiendo la información directamente a su cabeza llegando a lomos de ondas electromagnéticas, que, de forma incesante, golpearían su cráneo. «¡Últimas noticias!» dirán las ondas sorprendiéndole las primeras veces.

Bruscamente se levantó, interrumpiendo su mayor placer, y se dirigió con un ataque mezcla de ira y ansiedad al quiosco de Pepe. Llegó directo, sin preámbulos y le soltó:

—¿Es que vas a cerrar el quiosco? —gritó con brusquedad, añadiendo groseramente con la cara roja— ¡irresponsable!

Pepe, quedó patidifuso y respondió:

—No, claro que no. Este quiosco estará aquí mientras yo viva.

Tenía razón, pues una semana después, Pepe murió sobre un montón de periódicos de La Verdad víctima de un paro cardíaco —le gustaba mucho el morcón—.

Martín fue al entierro de su quiosquero sabiendo ya que Pepe había cumplido su palabra. El quiosco nunca más se abrió.

Grandes decisiones

La Moncloa estaba llena de escarcha. Clareaba un día frío de enero, pero el presidente ya estaba despierto. En pijama y abrigado por una bata de Armani se dirigió al gabinete anejo al dormitorio, donde le esperaba un desayuno que no había necesitado pedir. Era como el de los hoteles de lujo: café, pan integral tostado, mantequilla ya extendida sobre él, zumo de naranja y mermeladas variadas, también extendidas por el asistente sobre el pan de molde. Cuando estaba acabando entraba un segundo café que ya tomaba leyendo el resumen de prensa. Después la ducha. El presidente se duchaba solo, no necesitaba a un ujier mojándose para enjabonarlo. Después de la ducha era afeitado por el barbero de guardia. Un presidente tiene que llevar la cara impoluta, no puede ir con un trocito de papel de fumar —¿Se acuerdan?— pegado a la herida producto de un gesto torpe con la navaja—. Pero se vestía con la ayuda de un mayordomo que le tenía preparado el traje a tono con la gravedad o ligereza del día. Siempre en tonos fríos como corresponde a su carácter —él no es ese caliente primer ministro de una república coronada del norte, que se puede permitir chaquetas rojas y calcetines blancos—. Algunos días el atuendo era informal porque había que ponerse un chaleco militar antibala. Eran los días heroicos en que visitaba alguna guarnición en el extranjero. Eran las ocho ya y, como no había sesión de control, se reunió con su jefe de gabinete para repasar la agenda. Media hora después salía para el aeropuerto a tomar el Falcon camino de Bruselas. Su oficina le había preparado los datos para la discusión sobre energía en el Consejo Europeo. Se sentía a gusto en aquellas reuniones, donde la necesidad de atacarlo quedaba atrás, en Madrid, en los sótanos del resentimiento de la oposición.

Llevaba tres años ejerciendo la presidencia y él sabía los equilibrios políticos que había hecho. Lo sabía él y lo sabía su cabello que se tornaba blanco. Lo sabía también su libido o, mejor lo sabía su mujer. Ahora era él al que le dolía la cabeza continuamente. Se necesitaba una verdadera bruja para atraerlo a la cama en la que no se duerme. Dos corrientes confluían en su alma: la poderosa del ejercicio del poder, la que le garantizaba pasar a la historia como el décimo faraón —como le gustaba bromear— de la democracia española. Había llegado cuando acabaron los coletazos de la tercera crisis que el mundo había padecido desde que en 2008 se descubrió la enésima burbuja desde aquella de los tulipanes del siglo XVII que inauguró una serie que aún no acabado ni acabará con la de las criptomonedas actual. Enseguida advirtió su papel, que iba a ser jugado en una república. La monarquía cayó con el octavo faraón, que, siendo de derechas, no pudo evitar la debacle que produjo la irritación popular con los disparates del joven rey Froilán I. España era una república joven de tamaño medio que no permitía salvar al mundo. El mundo seguía siendo un lugar peligroso, pero, afortunadamente, las decisiones colegiadas eran cada vez más eficaces en una Europa políticamente más armónica. Sí que hubo que prescindir de dos países afines al auto declarado enemigo de Europa, al menos hasta la muerte de Putin atragantado con un hueso de pollo, criado, por cierto, en Ucrania.

Como no era posible salvar al mundo, sí que se podía contribuir a tomar las mejores decisiones, las grandes decisiones. Algunas en el ámbito supranacional y otras en el nacional. Él era consciente de que cada país europeo gobernaba del mismo modo, salvando las distancia, que lo hacía cada comunidad autónoma española. Lo que dejaba bastante margen, pero siempre en el marco de grandes líneas estratégicas marcadas en la constitución. Constitución que estaba obligada a encajar en el marco de la Unión Europea que, ahora, tratando de generar emociones más allá de las banderas nacionales se llamaba Europa y tenía la estructura de una nación con un parlamento vinculante y una presidencia sometida al juicio de ese parlamente y no a los intereses locales. El Reino Unido había vuelto con el rabo entre las piernas, aunque se revistió de vuelta a la razón europea. El tránsito resultó más rápido que aquella salida disparatada que duró tres años.

Ser presidente es duro porque, además de salir vivo de todas las emboscadas políticas, te enfrentas a novedades. Afortunadamente el séptimo faraón había apagado el fuego secesionista hasta guardarlo en esa caja en que los países guardan los rencores a la espera de tiempos mejores. Una caja en la que cada país guarda cada invento letal que, aún produciendo mucho sufrimiento —como fue la guerra con Marruecos por un ataque de nacionalismo estéril—, queda en el recuerdo depurado de la sangre y el dolor como un mito fundacional.

Ser presidente le obligaba a cubrir todos los frentes, pero tenía que hacerlo desde su perspectiva ideológica, aunque sin hacerle temer a la oposición que estaba traicionando el juego constitucional. España era ya una república sin corona, como lo había sido con corona desde la muerte del último dictador. Esa condición le permitía hacer política legítimamente desde la posición del que, después de que su tradición política hubiera renunciado a todas las revoluciones infantiles, cree en la mutualización de las desgracias. De todas aquellas propuestas decimonónicas sólo quedaba refulgente la idea de que el único modo de conciliar la naturaleza humana sin violentarla con el bien común era que cada nacional —y ahora ya se hablaba de cada europeo— supiera que la formación de sus hijos, su salud y su retiro eran pagados por el conjunto social. Es verdad que la tecnología había llevado ya la salud casi al interior de las casas a base de pequeños y poderosos dispositivos de diagnóstico que permitía una alta eficacia en la respuesta de los sistemas públicos de salud. Era verdad también que la educación era tutorizada por la realidad virtual, aunque se siguiera reuniendo a los niños para que desarrollaran hábitos sociales. Y es verdad que las pensiones eran una partida pequeña porque los jubilados seguían participando de la actividad productiva mediante su contribución a las estrategias generales aportando su experiencia. Actividad que era remunerada. Un sistema que costó poco trabajo implementar, dado que, prácticamente toda la sociedad contribuía a la economía siguiendo pautas semejantes, dado que la mayoría de la producción industrial era llevada a cabo por la Big Machine. Un sistema industrial automatizado capaz de responder masivamente o de forma casi individualizada a las necesidades sociales. Hubo, por tanto, que buscar formas de seguir trabajando —al objeto de cumplir la maldición bíblica— para poder cobrar. El sistema fue inventado por un español y los detalles se pueden encontrar en los libros de la historia reciente de la economía mundial. Recibió el premio Nobel. Por cierto, el mismo día en que un anciano Carlos Alcaraz

—ganador de treinta Grand Slam— entregaba el trofeo Roland Garros al nuevo héroe español de la arcilla francesa.

El presidente había tenido la fortuna de haber sido protagonista de las grandes decisiones políticas que cambiaron Europa. Decisiones que permitieron cerrar la crisis de deuda generada por las tres crisis previas. España ya era una república federal y nadie se atrevió a cuestionarlo. El referéndum para derrocar a Froilán I se ganó con el apoyo del ochenta por ciento de la población. La crisis de la deuda se enjugó gracias al descubrimiento en Burgos del mayor depósito mundial de gas natural que permitió surtir a toda la Europa dependiente de los hidrocarburos rusos; la crisis sanitaria era ya un mal recuerdo y el apoyo a Ucrania, junto con la muerte de Putin gracias al pollo del CNI, cerró la guerra con una gran victoria de Zelensky. Ahora solo quedaba recuperar a Rusia para la democracia.

El presidente se sentía responsable del bienestar de los sesenta millones de españoles, diez millones de los cuales eran ya segunda generación de emigrantes africanos. La selección española ya era, como mínimo marrón. Él no era marrón, era negro y, aún ningún loco trumpista había sugerido que no hubiera nacido en España. La extrema derecha echaba leche por un colmillo, pero él no podía hacer nada para consolarlos.

Esta última secuencia de pensamientos le hizo sospechar que algo iba mal. El presidente se había pasado con la bebida en la cena de gala con la que Felipe VI celebraba la mayoría de edad de la princesa de Asturias. Terminó de despertarse y se dio cuenta con angustia que las tres crisis estaban todavía lastrando su vida y la de todos los españoles. Se fue a la ducha.

El alcohólico

Daniel era un asiduo a los botellones desde los dieciséis años. Le atraía la atmósfera de camaradería loca que se creaba. No sabía por qué, pero le agradaban las risas tontas, las bromas con los concursos de beber a morro, la música que algunos traían en sus coches, las conversaciones disparatadas burlándose de profesores o fingiendo conocimientos sobre cantantes, juegos de consola o los influyentes de Youtube.

Cuando acabó la carrera y consiguió trabajo en una empresa de obras públicas, las horas solitarias en la construcción de aquel pantano en Venezuela en medio de la selva las podía pasar gracias al wiski que le suministraba José, el encargado de obra, que tan buenas migas había hecho con algunos vecinos de la aldea próxima. Los tragos pausados del licor le ayudaban a la dulce añoranza de lo que todavía no había pasado: su futuro. Había dejado a Nuria en España con la promesa de volver con ahorros suficientes para comprar con un socio bancario la casa que ya habían visto sobre plano en la urbanización La Zacaya en Alicante.

Y así fue. Acabada la presa, su empresa lo trasladó a Madrid unos meses y después le encargó, por sus méritos, que se hiciera cargo de la delegación de Levante, cubriendo Alicante, Murcia y Almería. En su nuevo puesto se sintió seguro. Pagaron casi la mitad de entrada y suscribieron una hipoteca por el resto. Su empresa había crecido extraordinariamente y se había lanzado a la compra de solares por todo el territorio para centrarse en la prometedora actividad de promoción de viviendas. Los bancos tenían mucha liquidez y regaban el mercado de dinero. Cinco millones de emigrantes habían acudido al dulzor de la prosperidad española y necesitaban vivienda.

Por las tardes pasaba un par de horas con los compañeros tomando gin-tonic y largos vasos de wiski. Eran tiempos de euforia y prosperidad. Había amortizado ya tres cuartas partes de la hipoteca de la casa y decidió comprarse una casa en la playa —todo el mundo lo hacía, como no lo iba a hacer él, un triunfador— con la ayuda de su banco de confianza en la empresa. Al llegar a casa Nuria lo esperaba con una copa de vino tinto con la que se sentaban en la terraza a repasar el día y escuchar de sus labios cómo iba su embarazo. Venían mellizos. Tras la segunda copa experimentaba el enorme placer de haber completado sus proyectos vitales. Se acostaban temprano para madrugar. Se sorprendió el día que, sin venir a cuento, se echó unas gotas de coñac en el café mañanero.

El día de la catástrofe le pilló por sorpresa. Le llamaron de Madrid anticipándole que un colapso del sistema de hipotecas y otros productos financieros en Estados Unidos iba cerrar de golpe la capacidad crediticia de los bancos nacionales dejando en bancarrota a la empresa que tendría que vender sus activos, si encontraban compradores. La misión era: buscar compradores y negociar con los bancos. Los compradores no aparecieron y los bancos no negociaban —bastante tenían con sus propios problemas—. El colapso fue inevitable y el alcohol su refugio. Él estaba seguro de que controlaba, por lo que aceptaba de forma acrítica el placer paliativo que el wiski le producía ante la pérdida sucesiva de su trabajo, su casa de la playa y las gestiones para evitar perder su domicilio. Con la ayuda de sus padres pudo amortizar el resto de la hipoteca y respirar tranquilo, pero ya era tarde para su cuerpo.

El primer aviso fue un ligero temblor en su mano izquierda. El segundo, que la tranquilidad no redujo su consumo de alcohol, sino que lo hizo más apremiante. No lo entendía. Pero el alcohol de la felicidad —el que tomaba en los buenos tiempos recién cancelados— fue sustituido por el alcohol de la infelicidad —el que no podía dejar de tomar ahora—. Nacieron los mellizos y las celebraciones contenidas le dieron la oportunidad de vencer con buenos tragos la vergüenza de que sus padres les pagaran el bautizo de sus hijos. Ya no necesitaba su fracaso profesional para sentir lástima de sí mismo. Su dependencia era suficiente. No podía dejar de pensar en el siguiente trago. Ahora comprendía a los drogadictos y su incapacidad para librase del dogal. Su caída al fondo del pozo en el que se aislarían de amigos y familiares porque ya no necesitaban nada más que recuperar las sensaciones exigidas por su cerebro. Ya no se trataba tanto de disfrutar como de dejar de sufrir la carencia. Ese estado en el que Schopenhauer fija la felicidad. Las marcas en la cara, la mente confusa, espesa, la mirada turbia, el alma reducida a pulsiones corporales.

Ahí, en el fondo ¿es posible rebotar para salir de nuevo a la claridad? ¿Es posible sin ayuda recuperar el control sobre sí mismo? Pues hay casos y casos. El propio Daniel había tenido la experiencia cuando dejó el tabaco. Le costó perder tres años su negociación con los cigarrillos. Se dieron situaciones chuscas de tirar un paquete a medias camino de una ciudad y parar en el siguiente pueblo a recuperar su serenidad con una cajetilla nueva. Solamente venció cuando decidió que un cigarrillo, que había en la mesa de un compañero —el hacía unas semanas que no compraba—, era el último que no iba a fumar. Con esa lección se preparó durante meses para una decisión parecida. Fueron meses de tortura psíquica. No confiaba en él mismo. Experimentaba un profundo asco de su incapacidad. Se avergonzaba ante su mujer y carecía de fuerza para acudir a las entrevistas de trabajo que surgían. No podía más. Sabía que si fracasaba ya no tendría otra oportunidad. Se había negado a acudir a alcohólicos anónimos. Odiaba la frase tópica de «me llamo Daniel y soy alcohólico». Por supuesto que lo era, pero si no ganaba la batalla en su propia intimidad, sino era capaz de considerar el dolor, la carencia como parte de su vida, hasta que la propia vida le devolviera lo que él había desperdiciado, no habría victoria. Aquello no podía ser un acto con origen en el exterior. Él no necesitaba apoyo exterior, su estima propia sólo podía ser recuperada allí en el sótano de su alma. Él había descendido alegremente y él tendría que subir aquellas mismas escaleras con todo el dolor simétrico. Pero antes tenía que poner el pie en el primer escalón. Y eso era lo complicado. El primer escalón. Sabía que si lo volvía a bajar se dejaría caer sobre su propio suelo y allí dejaría que sus vómitos lo ahogaran. Su mente estaba confusa, desde su cerebelo le llegaban señales seductoras. Le embargaba una náusea imposible de describir. Los preámbulos de la muerte tenían que ser algo así. Una náusea que hacía del final de la vida el principio del descanso. ¡Qué absurdo! Solamente hay una vida, y nos la pasamos estropeándola. Todo comienza cuando exponemos nuestros tejidos a la caricia de cualquier paliativo a los pequeños inconvenientes de la vida. Cualquier adicción es resultado de la repetición del acto inocente de poner nuestro cuerpo en contacto con el resto del universo. Pero se había acabado.

Se agarró a sí mismo, tiró de sus propios cabellos hacia arriba y no abrió la botella. Miró su etiqueta negra, pasó el pulgar por el relieve de sus letras y se despidió. La dejó en el mueble bar como testigo de su redención.

Los financieros

Hernández —el heterónimo del omnisciente cuando se siente más hijo de su madre que de su padre— vio ayer la película Margin Call, una de las secuelas cinematográfica de la crisis de 2008. En ella se relatan las tribulaciones nocturnas de una empresa financiera «demasiado grande para caer» cuando un mando intermedio despedido y un empleado temporal descubren lo que los sofisticados mecanismos de control de la empresa no habían captado. El descubrimiento desencadena reuniones al más alto nivel, donde, además de despellejarse unos a otros, no prevalecen los mejores, sino los más golfos. Darwinismo golfo, se podría decir. Los seniors —los que más cobran— muestran su ignorancia pidiendo continuamente a los juniors que hablen en el lenguaje del pueblo para que ellos puedan entender lo que sucede. Es decir, ganan setenta millones de dólares al año aparentando saber, como nuestros propios financieros. Son estatuas de yeso. Ojos vacíos. Estolidez vestida de alpaca. Uno de ellos, que llora por la muerte de su perra, se despierta de este noble sentimiento, con la sospecha débil de que tomar la decisión de salvar a la empresa —es decir a sus ganancias— hundiendo a los clientes —lo que recordaba los manejos de Kenneth Lay en Enron— no es muy ético. Pero su codicia de dinero lo convence de que debe aceptar la oferta para que lidere la venta en las primeras horas de la mañana de todos los activos tóxicos de la empresa. El líder supremo mantiene un corto discurso con un empleado joven tomando un desayuno con vino gran reserva en la planta príncipe del edificio. Discurso en el que muestra su confusión moral y casi comercial. Confusión que en sus ojos se convertía en claridad cuando, de vez en cuando, mencionaba la palabra dinero. Más o menos, viene a decir que hay en marcha un mecanismo incontrolable, que siempre ha sido así y que hay que estar donde se reparten caramelos para coger alguno sin protestar.

Los jóvenes tampoco quedan muy bien parados. Uno se pasa toda la película preguntando cuánto ganaba este o aquel y, finalmente, monta el espectáculo llorando su despido ante un impasible superior que se afeita poniendo cara de estupefacción ante el lloriqueo del empleado. El otro joven, el listo que descubre el peligro pone cara de sorpresa ante todo lo que pasa delante de él a lo largo de la noche y acepta sin reparo incorporarse al staff directivo disponiéndose, suponemos, a olvidar sus habilidades financieras para aprender pronto las habilidades depredadoras. Tampoco hay que dejar de prestar atención al hecho de que es ingeniero aeronáutico, es decir, una inteligencia que, destinada a hacer cosas concretas y útiles, es captada para hacer felonías. Una muestra más del carácter corruptor que han tomado las finanzas en la actualidad. En fin, pensó Hernández, «no hay nada que hacer». Inmediatamente reaccionó con su visión hegeliana de que todo lo racional es real y se animó hasta la siguiente decepción. Le llegó pronto. Le habían embargado su apartamento en la torre Steinway por no poder pagar la hipoteca. La cocaína es demasiado cara.

Nuestros hijos

El mundo no quiere crecer, como en la fábula de James Berrie sobre Peter Pan. El mundo se ha vuelto adolescente como mezcla entre la mentalidad madura y la infantil. Aleación crecientemente infantiloide a base de dejarnos seducir por la abrumadora avalancha de mercancías absurdas que vienen a resolver enormes problemas inexistentes. ¿De dónde procede esta tendencia que parece llevarnos a la idiotez? Históricamente de los años cincuenta, cuando la prosperidad posbélica en el mundo occidental *enriqueció* a los jóvenes que se lanzaron a la búsqueda de diversiones sin freno.

—¿Has visto mis zapatillas nuevas?

—Pues no, pero, ¿cuántas tienes?

—Quince pares.

—Pareces Imelda Marcos.

—¿Quién es esa?

—No estoy seguro. Se lo he oído decir a mi madre. Creo que fue una dictadora amiga de Franco.

—¿Quién es Franco?

—No lo sé. Mi madre dice que fue un dictador.

—¿Qué es un dictador?

...

Al principio la solución fue convencional: coches, alcohol, pero, después, el ingenio de los artistas y sus gestores trajeron una industria nueva: la discográfica, el cine para jóvenes y nuevas formas más contundentes de inhibirse. En esta fase todavía los maduros resistían con Bogart a la cabeza manteniendo el sombrero y la corbata. Pero duró poco, una vez que los Beatles dejaron sus corbatitas escolares y buscaron en Asia la plenitud extática. De modo que en dos décadas se pasó de Troy Donahue a Sed Vicius.

—¿Has probado estas pastillas?

—Esas no, pero este polvito sí.

—¿Es cocaína?

—Sí, ¿Las ha probado?

—No

—Pues es más que más. Y no crea adicción.

…

Nosotros los españoles esperamos a los años noventa, porque sin prosperidad no hay forma de que los jóvenes se conviertan en consumidores dignos de ser tomados en serio. En la niñez de los años cincuenta sólo nos llegaba para regaliz y manzanas cubiertas de caramelo. De modo que hubo que esperar, pero nos hemos puesto al día rápidamente y ya estamos en condiciones de rejuvenecernos y tirar nuestro dinero, vía nuestros hijos, hacía los bolsillos de los prestidigitadores del llamado entretenimiento en la música, el cine, la televisión, sin entrar en tentaciones más peligrosas. El cine con películas ruidosas, violentas y con guiones tan previsibles como el atentado de ETA cuando se aproximaba la negociación de una tregua. Situación de la que nos salvan los Eastwood o Iñárritu o, incluso, nuestro Almodóvar que ha viajado a contracorriente desde la astracanada al clasicismo, por más que nos despisten sus hallazgos formales. Clasicismo fundado en lo auténticamente humano tratado con sabio humor. En la música, del camino tribal nos salva poca gente, si acaso tradiciones eternas como el rock, el flamenco y el jazz o el blues cuando no son explotadas por fusiones efectistas o desarrollos imposibles. En la televisión o las consolas se ha creado respectivamente escuelas de banalidad o de violencia.

—¡No me mates, te pagaré!

—No es nada personal.

...

La banalidad se escuda en la posibilidad de cambiar de canal, cuando todos los canales muestran la misma miseria de adolescentes buscando la fama y la frustración en un solo gesto, y patéticos seres adultos que nos enseñan sus pústulas morales a grito pelado. Las consolas, por su parte, son un caballo de Troya de unos griegos inexistentes, pero que nos traerán graves problemas con sus insensato propósitos de ganarse adeptos ofreciendo lo peor a los más indefensos. Con el añadido de que ocupan a las mejores inteligencias en empujar a nuestros críos a un experimento sociológico de resultado incierto pero inquietante.

—¡Dispárale, dispárale que se te escapa!

—¡Puaj! Cómo se ha puesto la pantalla de sangre. Esta consola es lo más.

…

Nuestros hijos son el objeto de ese gran experimento sociológico cuyo resultado veremos pronto. Ellos son la primera generación que ha crecido sin reproches y en la abundancia. Va a ser sumamente interesante ver cómo salen de tanta facilidad desmotivadora para hacerse cargo de la responsabilidad social, política y empresarial. Si todo va bien, habremos comprobado cómo el ser humano encuentra el equilibrio a cierta edad, por lejos que haya caminado y por absurda que le parezcan a la generación anterior las formas con las que envolvieran sus años de crecimiento. Si todo va bien, ni taladrarse la carne, ni los tatuajes irreversibles, ni las modas inspiradas en la cárcel o la pobreza, ni los pelados tribales, ni el lenguaje ininteligible y la superficialidad de su léxico serían otra cosa que lo que han encontrado a mano para presentarse como el relevo inevitable.

—¿Para qué te has tatuado tanto?

—No sé, creo que para meter miedo.

—¿A quién?

—Primero que todo a mi chica, que la veo que mira mucho a Daniel. Ese *subno* al que voy a rajar si mueve una ceja.

...

Toda la vida, el que ha imitado a sus padres prematuramente, ha sido tachado de pijo o similar, y el que aceptaba o contribuía al cambio generacional desde el menor detalle, un ser integrado. Y todo eso, sin perder de vista que gran parte de la provocación es una propuesta de adultos avispados. Si todo va mal, esperamos no estar para verlo.

Sólo podemos hablar directamente por lo que tenemos más cerca. Y, eso, pinta bien. A lo mejor son ellos los que son capaces de derivar el enorme consumo en mercancías absurdas a resolver problemas verdaderos y disfrutar emociones genuinas, como las que implican la lucha contra el dolor y la pobreza. O, quizá, como ha ocurrido siempre, son los desastres los que obligan a cambiar el rumbo. Y, todo ello, sin perder esta placentera generación de novedades formales aparentemente inagotables que la informática ha traído quizá para siempre. Para eso se necesita la complicidad de las grandes multinacionales para que dejen de proponer estupideces atractivas y ganen dinero con proyectos éticamente solventes. El milagro vendrá de la imaginación y esta es ya de nuestros hijos.

El suicidio

Acababa de entregar la llave de la casa en el banco. Le informaron de que aún debía 63.183,65 euros porque la casa valía en ese momento 84.323,12 euros menos de lo que figuraba en la escritura y él solo había amortizado 21.139,47 euros. Había perdido su trabajo en la constructora La Esperanza, ya quebrada, en la que había trabajado 12 años —ahora tenía 34— sin que nada hubiera perturbado la marcha regular del negocio hasta que todo el mundo se volvió loco con la avalancha económica y emocional, mezcla de ilusiones y de dinero prestado por las cajas. En qué momento estas instituciones perdieron el decoro y se lanzaron a prestar dinero sin garantías, comprometiendo a gente sin recursos a pagos a largo plazo, nadie lo recuerda. Se podría decir que las entidades financieras pusieron un negocio lucrativo de venta de sogas para ahorcarse. Los directivos se habían adjudicado grandes premios basados en el extraño negocio de haber transformado el ahorro de la gente en construcciones que no se podía pagar, urbanizaciones en medio de la nada y cimientos abandonados antes de recibir las cargas para las que habían sido entrenados.

Álvaro quiso ser coherente con esta situación. Su mujer estaba bajo una fuerte depresión. Su hijo de tres años estaba con su abuela y sus planes para que estudiara en una universidad extranjera se habían ido a pique. Su sensación de fracaso era insoportable. La vida había perdido sentido. Experimentaba un vacío interno indefinible. Su cuerpo emitía una sensación completamente diferente a cualquier otra. Muy desagradable, pero no se parecía ni a una náusea por la navegación, ni por un exceso de vino, ni a la mordedura de la culpa, ni el arañazo de la vergüenza. No se parecía a nada, pero cubría de sombras cualquier acto, cualquier pensamiento. Eso que se llama «pérdida de sentido» es que nada te cura la ansiedad que genera la esterilidad de cualquier cosa que pudiera intentar para que hubiera alternativa a la miseria que se presentaba como único futuro. Esos días miraba de forma distinta a ese matrimonio que sentado en la esquina de una tienda de ropa pasan el día mendigando mientras conversan ante un cartel que dice: «Somos españoles, no tenemos trabajo…».

Pensó primero en las pastillas, pero se temía una recuperación con un molesto lavado de estómago. Luego pensó en ahorcarse, pero le parecía doloroso. No sabía exactamente cuánto se tarda en morir. No es lo mismo que esas ejecuciones en cadalso en que la caída brusca y el nudo corredizo te mata de forma inmediata —eso dicen, ¡vaya usted a saber! También pensó en echarse al tren, pero le parecía una asquerosidad —ya anticipaba el estado de piltrafa a que quedaría reducido su cuerpo—. Se le cruzó también una idea criminal: matar a su mujer y a su hijo. Pero pronto se le vino a la cabeza que era una falsa responsabilidad, una falsa piedad que le llevaría a tomar en sus débiles manos la vida de otros, aunque fueran tan queridos. «No, no cometería esa infamia», se decía a veces. A ratos jugaba con la idea homicida tratando de acostumbrarse a ella para que le resultara menos desagradable. Finalmente, no se decidió.

Subió a la terraza del edificio donde todavía vivía. Naturalmente tenía llave. La brisa, que tantas veces le alivió de pequeños problemas, ahora apenas le permitió mantener un hilo que lo atara a la vida. Avanzó hacia el pretil en la zona más separada del edificio. Llevó a cabo los trámites técnicos cuidadosamente, pensó fugazmente en sus proyectos de juventud y se dejó caer desde 45 metros. En la calle se oyó gritar a alguien. Unos niños se taparon la cara mirando entre los dedos. Las palomas echaron a volar asustadas.

Todos los cuerpos caen a la misma velocidad en cada instante, independientemente de su masa, si partieron del mismo pretil. Exactamente se llega al suelo a 29,7 metros por segundo. Lo que equivale a 106,9 kilómetros por hora. Suficiente para reventar tu cabeza.

Se balanceó llegando a estar a un centímetro del suelo —al fin y al cabo, no era un experto en salto desde un puente—, pero la cuerda había funcionado, aunque la experiencia no. Le resultó muy desagradable el vacío de estómago —un vacío aún mayor que el que le producía la depresión—. Se retorció sobre sí mismo se soltó los pies y pisó el suelo. Había decidido que ni siquiera este sistema de suicidio le parecía agradable. Decidió vivir.

El despertar

Hernández se despertó con la limpieza de aquellos despertares desde un pozo absolutamente negro que le recordaba la anestesia con Propofol. A quien le hayan hecho una endoscopia con anestesia sabe en qué consiste la experiencia de perder unos minutos de su vida completamente sin la excusa de reponerse con el sueño. La pérdida de conciencia es el mejor paliativo para los problemas. Lo que es la prueba de que nuestros problemas proceden de ser seres conscientes. ¡Qué paradoja! Pero, podríamos ser seres conscientes con la piel algo más gruesa. No estos seres vulnerables, frágiles que se alteran con el menor inconveniente —y la vida está llena de ellos—.

Bueno, Hernández se despertó y quiso moverse, pero no le resultaba fácil. Aquella situación le recordaba una de las bromas, tipo Gila, que se gastaban en aquella antigualla que se llamaba mili. Se trataba de doblar la sábana de tal modo que cuando querías estirar las piernas no podías porque estabas dentro de una especie de bolsa hecha por las sábanas dobladas. Si no lo entienden, hagan la mili —lo que parece cada vez más cerca ahora por la nueva necesidad de volver a la existencia de grandes ejércitos nacionales para volver a matarnos en tierras europeas.

Hernández se removió inquieto. Sería una pesadilla. De repente vio que le miraba un tipo que al verlo gesticulando se apartó con un gemido. Hernández oyó un golpe contra el suelo. Ahora estaba seguro de que era un sueño. Se relajó para dejar que los acontecimientos absurdos que se presentan en los sueños se fueran desarrollando con normalidad. No es bueno intervenir en los propios sueños. A él siempre se le perdía el coche en ellos. ¡Vaya! Que no recordaba dónde lo había dejado. Busca que te busca y el coche no aparecía por ninguna parte. A veces el sueño se mezclaba con unas ganas insoportables de orinar. Busca que te busca un sitio, para acabar meando tu propio coche cuando aparecía. Nunca había comprendido por qué a tener sueños se le llama esperanza. La esperanza es otra cosa.

No estaba seguro de que fuera una pesadilla, pero, si lo era, se estaba poniendo pesada, como corresponde a su nombre. De repente apareció otra cara y esta sí que me era familiar. Era mi cuñado Pepe. ¿Qué hacía mi cuñado en mi pesadilla? Mejorarla —pensó—. Aquel era un cuñado estupendo, bueno y sin ocurrencias del Muy Interesante. El caso es que también puso cara de sorpresa y desapareció. El sudor frío que le produjo su impotencia para salir del enredo lo despertó y convenció de que aquello no era un sueño. Vagamente recordó que en uno de los valles de la pandemia unos amigos organizaron una fiesta «segura». Todo el mundo se había hecho una PCR —que les parecerá mentira pero significa 'Reacción en Cadena de la Polimerasa— o, como decía el gracioso del grupo, un «GPS». Pero no, el desconocido que estaba en frente suya a 70 centímetros no se la había hecho. Más aún, un amigo suyo de la Universidad Capitalina le había recomendado que no se la hiciera por los efectos sobre su salud mental —cuyo deterioro, en opinión de Hernández, era imposible, dado su bajo estado de partida. Las consecuencias, ahora que le llegaban los recuerdos de forma masiva, fueron tres meses de Hospital y a la vista de la situación algunas horas, según le contaron luego, de tanatorio. Comprendió entonces donde estaba. De modo que salió del ataúd, procuró no pisar al funcionario de la funeraria ni a su cuñado y salió a la calle. Por cierto, con su mejor traje.

La esperanza

La esperanza tiene que ver con la espera. Cuando uno tiene esperanza, espera que ocurran cosas buenas. Eso le pasaba a Julia que nunca perdió la esperanza de realizar sus proyectos. Esa tarde estaba con su amiga Marta en la cafetería Centrum. Tenían delante dos cafés y dos tentaciones en forma de milhojas de crema. Conocían todos los parámetros de la realidad en la que estaban. Tenían noticias de las tres crisis y sus razones. También del carácter negativo que tenían para sus vidas. Por eso se planteaban sus posibilidades para la vida adulta.

—Quiero ejercer de ingeniera, quiero amar a un hombre dulce y firme, quiero tener tres hijos. Todas ellas cosas que espero me hagan feliz, porque con todas ellas espero sentirme bien —le dijo a su amiga Marta como si estuviera respondiendo en una entrevista de trabajo.

—Suena un poco frío, Julia —reaccionó Marta—. Yo prefiero ir haciendo todo lo que esté en mi mano y esperar que el azar vaya respondiendo en forma de oportunidades. Lo que sí pienso es estar atenta a no perder las oportunidades que se presenten.

—Las oportunidades hay que crearlas —respondió Julia.

—Sí, pero estamos en tiempos muy complicados, Julia. Todo el mundo está enfadado y las cosas están cambiando muy rápido y a peor —se lamentó Marta—. Y siempre ha sido así. Borges dijo con su característica ironía: «nos han tocado, como a todos los seres humanos, malos tiempos que vivir».

—¡Qué gracioso! —se rio Julia.

—Sí, pero tiene razón. Cada época tiene sus circunstancias y nos corresponde a los que estamos vivitos y coleando hacernos cargo de los problemas y buscar las soluciones. Así se construye la esperanza —concluyó Marta.

Pero, desde luego, no corrían tiempos sencillos, pues las maldades de siempre tomaban formas muy peligrosas en la actualidad, porque los avances de la ciencia lo hacían posible. ¡Qué paradoja! De una parte, se prometía de forma más o menos velada la inmortalidad y, de otra, los más viejos problemas relacionados con las pulsiones humanas se traducían en actos perversos que producían alta mortalidad.

Marta decidió crear un partido político. Lo llamó, precisamente, Esperanza. Empezó con algunos de sus colegas de facultad. Su ideario básico era basarse en la verdad y favorecer el bien y la belleza. En cuanto sus interlocutores se reponían de la risa, empezaba con los argumentos. Su actitud era ascética: no cobraría más del salario mínimo interprofesional. Obviamente si alcanzaba las instituciones no alteraría los sueldos, pero el resto del suyo iría a las ONG que considerase oportuno. Creía en las instituciones y, entre ellas, en el estado. Con su poder ofrecía conseguir la total igualdad de oportunidades. Para ello, se proponía obtener de los impuestos que nadie que fuera despedido por el sistema careciese de educación, sanidad y jubilación. Se opondría a la demolición del estado social por parte de los liberales. Pero no desmontaría ninguna de las fantasías consoladora de los conservadores. Su actitud no era provocadora en relación con costumbres sociales o religiosas, a pesar de su agnosticismo radical. Respetaría la economía de mercado, pero impondría un sistema radical de persecución de prácticas monopolísticas o corruptas. Dispondría recursos materiales para que la justicia fuera rápida. Desarrollaría el programa del feminismo de la igualdad, pero rechazaría el programa del feminismo de género. Lucharía a fondo para que las mujeres tuvieran todas las oportunidades vitales y profesionales en pie de igualdad con los hombres. Favorecería la natalidad, pero tendría una política decidida para la dignidad de la emigración sin prejuicio alguno sobre el mestizaje futuro de la población. En Europa sería la más enérgica defensora de la unión política para crear una nación federal europea. Para todos sus fines impondría, durante su mandato, impuestos del 80 % en rentas por encima de un millón de euros. De esta forma habría un programa de viviendas sociales que sería legalmente imposible de transferir a fondos privados. Impondría a las grandes empresas condiciones de competencia realmente capitalistas, en vez de los manejos cartelistas que solían ejercer. Favorecería el dinero electrónico, pero combatiría las salvajes criptomonedas. Haría fuertes inversiones en ciencia y tecnología. Promovería la educación laica y democrática en los colegios públicos. Aboliría las subvenciones a colegios privados. En sus palabras: «cabalgaría el tigre capitalista con sus propias reglas». Se negaba a la doblez de proclamar el capitalismo y saquear el dinero público.

Su programa fue tan popular y apoyado en las primeras elecciones a las que se presentó que el disparo le llegó por sorpresa a todos. Fue a la salida del Congreso que la proclamó primera presidenta por mayoría absoluta. Iba de blanco por lo que al francotirador le resultó fácil localizarla y centrarla en la mira de su fusil. Estaba apostado en el tejado del museo Thiessen. Para no manchar su maletín lo apoyó encima de un póster de campaña de su víctima. Siempre había sido escrupuloso. Por eso se especializó en el crimen a distancia. Odiaba los cuchillos. El cartel llevaba la foto, lo que también ayudó a identificarla. Al fin y al cabo, él era extranjero y aquella «acción» era un acto profesional. Cuando terminó recogió sus herramientas después de limpiarlas meticulosamente, las metió en el maletín y lo dejó en la terraza del museo. Todo era tan estándar que era imposible seguir la pista. Bajó y se puso a mirar con gran interés la colección desde los flamencos de la última planta. Estaba también interesado en la colección temporal sobre Malevich y sus coetáneos rusos. Bajó lentamente las escaleras del museo rosa pasando por todas las épocas de la colección. Se demoró un rato en el detalle de la raqueta de tenis del cuadro de Tiepolo *La muerte de Jacinto*. Siempre le había divertido ese enigma para quien cree que el tenis lo invento Roger Federer —Tiepolo murió en 1770. Al llegar a la planta baja no salió a la calle. Al contrario, sacó entrada para el edificio auxiliar y se demoró en la contemplación de las geometrías limpias de principio de siglo. Notó cierta agitación en el patio de acceso, pero no se preocupó. Incluso aceptó sin nervios que le identificaran cuando la policía tomó el museo buscando al tirador. Su pasaporte diplomático le permitió salir sin contratiempos al paseo del Prado en una mañana magnífica, de esas que solo Madrid puede ofrecer. Paseó hasta el Ministerio de Sanidad, ese edificio modélico de Francisco de Asís Cabrero —le encantaba la arquitectura minimalista—. Cogió un taxi. Tenía vuelo a las 15:25. El taxi llevaba todavía un cartel electoral con la palabra «esperanza» en rojo sobre su carrocería. Suspiró y siguió leyendo *El mundo de ayer*, el libro de Stefan Zweig.

La trinchera

Tumbado sobre el escombro, Jorge, a ratos, pensaba que qué hacía él allí jugándose la vida y a ratos pensaba que era, precisamente estar allí, lo que le daba sentido a esa vida. Su formación como paracaidista en Javalí Nuevo le habilitaba para la guerra, pero de eso a estar en Mariúpol atrapado en la acería era demasiado. Mariúpol habías sido reconquistada hacía dos años y el sucesor de Putin, tan nacionalista como él, emprendió una campaña para que la península de Crimea tuviera de nuevo contacto con el Dombás. De nuevo la acería sobre la que se construyó una leyenda de heroísmo que llenaba de orgullo al país desde 2022 —treinta años atrás—.

Él no había nacido para un despacho. Su interés por la acción le había llevado a estudiar una ingeniería de edificación, porque construir le parecía la más noble de las industrias. Pero su gusto por la acción lo había llevado a hacer cursos de paracaidismo. Una vez probada la experiencia del lanzamiento, su amistad con un sargento de la base, lo llevó a firmar un contrato de tres años con la BRIPAC «Almogávares» para su regimiento número 5 «Zaragoza» en el Javalí Nuevo de Murcia. Fueron unos años trepidantes de vivencias de guerra en Afganistán y de compañerismo que lo marcaron.

Cuando operaron a su padre de cataratas en el antiguo hospital de San Carlos, se había encontrado con una revista de las monjas que cumplían funciones de enfermería. Curioseando en ellas leyó un artículo sobre un tal Teilhard de Chardin del que más tarde leyó sus principales obras. Este jesuita francés experto en paleontología sostenía la idea de que sólo en las trincheras se alcanza el grado supremo de amistad. Justo ahí donde las balas exigen un cuerpo al que herir, justo ahí, la amistad crece como una flor poderosa.

Había acabado la carrera de ingeniero con 22 años y se alistó tres años después. Mereció la cruz de guerra ganada al salvar la vida de un capitán y cuatro soldados transportando con sus manos una mina durante cuarenta metros alejándola de un almacenamiento de combustible. Mina que explotó cinco segundos después de que él la depositara en el suelo, lo que le costó pérdida de masa muscular en su pierna izquierda con cicatrices que aún le duelen en las noches frías de Mariúpol. Cuando eso ocurría, su mejor analgésico era acariciar la cruz que le concedieron. Eso le daba la tranquilidad para neutralizar la ansiedad de la guerra. Una ansiedad que nunca desaparecía. Un apretón en el estómago que volvía cada vez que la acción directa amenazaba y que, misteriosamente, desaparecía cuando la acción comenzaba. Entonces los sentidos se agudizaban al ver las siluetas o las posiciones de los cuerpos del enemigo. La guerra en ese momento es supervivencia y sentido de pertenencia, casi de entrega a unas circunstancias que él no había provocado. Una entrega a las decisiones tomadas por otros que tenían información que él no podía tener. Su experiencia era directa con los escombros de los edificios destruidos por bombardeos previos, los uniformes de sus compañeros y las sombras de los enemigos. Ya habían disfrutado de dos victorias a su escala, pero ahora tocaba retroceder ante la violencia del ejército ruso empeñado en tomar la ciudad que unía Crimea con las provincias del este de Ucrania. El retroceso los había llevado a encerrarse en un enclave prácticamente inaccesible. Un enclave que tenía el valor simbólico de empañar la conquista ya consumada por las tropas rusas. Allí estaban ellos con la bandera azul y amarilla cabreando a fuerzas militares abrumadoramente superiores. Les protegía el enrevesado trazado de aquellas instalaciones industriales. Desde su posición veía el nuevo skyline de la ciudad. Un perfil de destrucción sistemática que lo escandalizaba sabiendo como sabía de la complejidad de construir un edificio para la paz y la convivencia. Esos monumentos a la civilidad que se sirven a sí mismos y a las ciudades que constituyen imitando a la naturaleza que genera órganos a partir de tejidos que son compuestos por células en una cadena de acciones asociativas que la guerra, como el cáncer, destruye irracionalmente.

Loa años transcurridos le habían dado ya para mucho. Incluso para dos decepciones amorosas. La peor la segunda, con la que ya rozó el tipo de relación que esperaba disfrutar como hombre.

En su pelotón había una mujer. Aleksandra era muy bella, pero llevaba un AK-98. Era el armamento soviético que les restaba, mientras llegaban los M16 A9 norteamericanos. Una mujer con un AK-98 no se amedrenta como pudo comprobar un cabo ucraniano al que todavía le duele el golpe que ella le dio en el momento adecuado y en el sitio adecuado. El hecho de que los compañeros testimoniaron a su favor tuvo como consecuencia novedosa para este tipo de organizaciones que el cabo fuera trasladado a hacer tonterías a otra parte, como si fuera un cura pederasta. Aleksandra era una leyenda por su valor, pero era también una diosa para ellos. Por eso disfrutaba tanto hablando, como mortal, con un ser divino.

Jorge meditaba sobre su pregunta clave: ¿Qué había llevado a un español de Murcia a estar allí entre escombros defendiendo una posición del ejército ucraniano frente a la nueva agresión rusa? Pues perdió el tiempo buscando explicaciones en su sentido de la justicia o en su odio a los dictadores. No, esa mañana ya tenía la respuesta. Él estaba allí por Aleksandra. Él había llegado allí para conocer a aquella mujer.

La guerra de Ucrania era incomprensible. También se había hecho eterna. Duraba ya treinta años. El espíritu constructor de Jorge sufría con la frivolidad con la que la demencia de una camarilla del Kremlin interpretaba su destino histórico. Rusia no era enemiga de Europa. Rusia era Europa. Rusia podía contribuir decisivamente a una Europa civilizada, porque de allí nos llegan los más exquisitos productos del espíritu humano. El arte en general concretado en la música, la literatura o la pintura habían contribuido decisivamente a construir el propio espíritu europeo. La oportunidad que Europa se daba de constituir la más equilibrada unidad geoestratégica no podías ser frustrada por aquel grupo de locos que se habían hecho con el poder y que eran incapaces de apreciar a Dostoievski, a Ajmátova, a Malevich o a Shostakóvich. Europa no puede perder a Rusia y Rusia no merece ser destruida simbólica y materialmente por sus propios demonios.

En esa irracional situación Jorge amaba secretamente a Aleksandra. Pero no oyó su voz hasta que tuvieron que arrastrar a un compañero hasta un lugar seguro después de que le dispararan en el vientre en una escaramuza. Sus gritos en ucraniano no los entendió, pero ahora ya conocía el timbre de su voz. Después de dejar al herido ambos encendieron un único cigarrillo que compartieron. Ambos experimentaron el sabor extraño de los labios del otro depositado en la boquilla de aquel cilindro que fue el primer eslabón de una cadena que podía ser larga. Ambos experimentaron el sonido exótico de los fonemas de cada uno en la lengua común con la que conversaban. El inglés de Jorge era bueno porque aprovechó su estancia Erasmus en Dublín mientras estudió edificación en la Universidad Politécnica de Cartagena. Pero sonaba a español, como el de Aleksandra sonaba a ucraniano. En ese momento no sabían ninguno de los dos que compartían el idioma español, porque Aleksandra había vivido en Alicante desde los cuatro años, cuando una pareja de Murcia la había llevado desde Polonia al principio de la Guerra que la había dejado huérfana. Recordaba vagamente que él se llamaba Hugo y ella Leticia y lo mucho que se esforzaron por hacerle olvidar su orfandad en los primeros meses de la guerra.

Primero hablaron del herido:

—¡Poor Fedor! —dijo Jorge.

—He has not Good Luck —asintió Aleksandra—. Doc told me it was a lost bullet caming from a ricochet of a wall.

—¡Joder! —se le escapó a Jorge.

—¿Joder? ¿Eres español? —se sorprendió Aleksandra.

—Sí —dijo Jorge aún más sorprendido— , ¿Cómo hablas tan bien?

—Me he criado en Alicante —dijo con ese sutil acento alicantino que Jorge reconoció por los amigos que tenía en Elche.

Aleksandra le contó su historia y la ayuda que había recibido de Hugo y Leticia, que no recordaba pero que su madre adoptiva Anna le había relatado cuando ella preguntaba cómo había llegado a España con tres años.

Jorge se sobresaltó.

—No puede ser. Mis padres se llaman Hugo y Leticia —dijo incrédulo.

—No puede ser —repitió Aleksandra—. ¿Y de Murcia?

—Sí. Además, sé por una especie de novela que escribió mi padre, que se llamaba «El regreso de la ira», que ellos rescataron a una niña y a su tutora en Polonia. La niña se llamaba Aleksandra. Siempre pensé que era producto de su imaginación, que la tenía muy revuelta desde que sufrió el coma en Ginebra.

—¡Esa soy yo! ¡Yo me llamo Aleksandra! —exclamó echándose a llorar.

Jorge bendijo la hora en que se dejó vencer por la pasión de su madre y el amor de su padre por ella para que ambos reaccionaran a las causas perdidas con generosidad y riesgo personal. De toda esa complejidad surgía él, desde aquel encuentro en Ginebra. Esa noche se la pasaron contándose las historias personales y de madrugada cada uno por su lado experimentaron con mucha fuerza un sentimiento irresistible: ya no querían morir ni para ser célebres por su heroísmo. Al coger con fuerza los AK, que estaban en el suelo juntos, rozaron sus manos.

Una noche presidencial

El presidente se acostó temprano porque había sido un día fatal. Había estado en Afganistán comiendo pizza con los soldados, «¿es que no sabían que me sienta mal?» Después regresó y se tragó un acto con el rey de entrega de credenciales del embajador de las Islas Feroe, que, por cierto, no sabía dónde estaban. Se durmió leyendo un artículo de ciencia ficción sobre las crisis en general que decía:

«Las crisis no sólo nacen, sino que se gestan. ¿Qué órgano del cuerpo es culpable de una septicemia? La Gran Guerra mostró cómo la convergencia de las muchas formas de distracción que los políticos y las opiniones públicas pueden llegar a sufrir convergen para producir grandes estallidos que, más tarde, dan trabajo a los historiadores durante décadas.

La crisis de la energía de los hidrocarburos provenientes de Rusia tuvo origen en muchos desencuentros y malentendidos entre estados y personas. Personas con altas responsabilidades y personas corrientes que abandonan la razón para experimentar pasiones insanas a cambio de un plato de lentejas: sentir emociones largamente conservadas por la especie humana con las que recuperar la condición de la bestia que fue. Esas emociones son vividas, primero, como una diversión y, luego, como una tragedia.

Los efectos económicos de las tres crisis mundiales: financiera, sanitaria y bélica contribuyeron a sucesivas recesiones que llevaron en nuestro país al paro del 40 % de la población activa, lo que equivale a 8 millones de empleados de los que dependían otros doce millones de personas. El estado quebró y dejó de pagar pensiones, quedando los jubilados a cargo de sus familiares, que también habían quedado sin ingresos por estar desempleados. En esta ocasión, los abuelos no pudieron hacerse cargo de los hijos sin ingresos. Todos estaban en la ruina. Se conservaban las viviendas, pero la morosidad en el pago de gastos e hipotecas era masiva...

Los políticos estaban nerviosos y no es fácil poner nervioso a un político porque siempre están a punto del ataque cardíaco. Quiero decir, que ya están nerviosos de salida. La razón es que la condición de político sobrepasa a la condición humana, por eso están siempre superados por las circunstancias que tratan de controlar con crueldad o con encuestas. También con espionaje. Siempre me pareció el Mago de Hoz el modelo de referencia de en qué consiste ser un político. Un señor bajito de Arkansas escondido detrás de un aparente y poderoso Mago que todo lo puede que resulta ser completamente falso. Todos llevamos máscara, pero la del político es superlativa, monstruosa, abrumadora para él mismo. Es lógico, porque el individuo que se deja arrastrar o va voluntariamente a la política, siendo un ser humano normal, se ve obligado a parecer sobrenatural»

Al presidente el artículo le puso los pelos de punta y ya no pudo pegar ojo en toda la noche, aunque lo intentó contando diputados de la oposición cayéndose por un barranco.

Sentía vergüenza por cómo el presidente del país vecino le había preparado una trampa invitándolo a una foto delante de un poster en el que las Islas Ruiseñoras tenían sendas banderas de su país clavadas con descaro. Cuando esa foto, con su más cordial sonrisa, apareció en la prensa quiso llevar a cabo un magnicidio. Consultó mentalmente con el ministro de defensa cómo se podría llevar a cabo un asesinato discreto, una cosa sencilla y que se le pudiera echar la culpa a los bolivarianos. Después se acordó del ridículo tan espantoso que hizo al trabucarse en un discurso ante tres paisanos. Pero, como ahora da igual que no tengas público, pues siempre habrá una cámara social-comunista, pues a ver quién se libra del escándalo. Cuando se estaba recuperando de esa pesadilla —que, por cierto, le obligó a abrirse el cuello del pijama para que el sofoco que sentía en el pecho se aliviara—, le vino a la cabeza el papelón en las gradas de la foto con los colegas europeos. Allí estaba él hecho un pasmarote sin poder cruzar ni un «buenos días» con ese italiano tan simpático o ese austríaco tan adusto. Es que ni un «*Good m*aning» o un «*come tale vu*» o como se diga. Siempre sospechó que procrastinar en las clases de idiomas le iba a dar disgustos. Pero, bueno, yo soy el presidente de este país, ¿qué más me dan a mí los extranjeros? Eran ya las tres de la mañana y no había podido dormir y, al día siguiente, tenía una rueda de prensa para dar cuenta de sus gestiones en la guerra de Iral. «Tengo que aprender inglés se dijo compulsivamente» y sin venir a cuento. A continuación, pensó en hacer otra cosa: «apoyaré la guerra de Iral, aunque sé que no hay armas ni de destrucción masiva ni + IVA» —pensó con una sonrisa de medio lado riéndose de su propio ingenio—. Y el caso es que, hablando del IVA, había prometido bajar impuestos». Pero cómo bajar impuestos con un déficit público del 6 %. «No estoy loco». Pensó en algún tipo de cortina de humo. Quizás perforar el casco de un petrolero en una ría gallega. Una semana después comprobó que el asturiano le había tomado en serio y lo llenaron todo de galipote. El caso es que la bajada de impuestos fue una promesa estrella en todos los mítines. «Tengo que reconocer —se dijo— que la gente tiene la memoria de un canario o les gusta que su jefe les meta espuela».

Cada vez es más complicado ser presidente con tantos medios de comunicación. Es decir, con gente desocupada vigilando tus movimientos todo el día. Si se es de derechas porque se tiene que prometer que bajarás impuestos y que acabarás con el aborto, además de llevar al constitucional a todas las leyes que ellos llaman progresistas. Y, si se es de izquierdas, se tiene que prometer pleno empleo y luego ponerse a hacer reconversiones industriales y despedir a varios miles de trabajadores —eso le dijo un día Gutiérrez, que fue presidente tres legislaturas «¡qué potra!» — siendo más rojo que el libro de Mao. La verdad que, a veces, dan ganas de dejar ganar a la oposición. Pero, una vez que te metes en la rueda y los demás deciden apoyarte tienes que poner de tu parte para parecer esa esperanza blanca que todo el partido anhela.

De puesto en puesto, cobrando del presupuesto público, mientras se despotrica contra los chiringuitos… de los demás. Dispuesto a acabar con el derroche del gasto en cargos y asesores hasta que se llega al poder, momento en que uno se da cuenta de que no tiene ni idea y tiene que rodease de gente para todo. Luego está esa lista de parásitos que te ayudaron a subir a base de aplausos y vítores y que, ahora, en la hora de la gloria, reclaman su puestecito. Ahora se explican esas caras que se ven en las sedes de los partidos, los días en que se celebran las derrotas. Son los cesantes, los que ya saben que han de ponerse a buscar trabajo al día siguiente.

Eran ya las cuatro y no había forma de dormir. Pensó en tomar una dormidona 20 mg, pero se acordó de que la última vez que lo hizo, llegó tan dormido al consejo de ministros, que se aprovecharon y aprobaron un decreto para quitarle el título de Real a su equipo. Es lo que pasa con los gobiernos de coalición, que están llenos de falsos amigos. Menos mal que maniobró y consiguió que el congreso rechazara la moción. Si llega a salir «¡despídete de volver al palco en el que todo se pacta, como antes en las cacerías del abuelito!»

Pensó que los presidentes de la restauración eran más felices, pues solamente corrían el riesgo de que un anarquista los matara mientras curioseaban en el escaparate de una librería. Ahora, todos los días tenías que desayunar vinagre leyendo la prensa. Y eso que eran los resúmenes que le preparaba su gabinete. Seguramente que le ahorraban algún disgusto censurando impertinencias. Y, encima, ganando el diez por ciento de lo que ganaban los que dirigían empresas que se enriquecían con las leyes que él, ÉL proponía. Claro que ellos a lo mejor sí sabían lo que se llevaban entre manos. Pero, un presidente, bastante tenía con aguantar cuatro años sin despeñarse con alguna de las trampas que el destino prepara: un atentado terrorista, un volcán, una guerra… total, minucias. Lo que le parecía más duro es parecer siempre que tenía la solución a los problemas. Y qué decir cuando uno de los tuyos se pone a forrarse y te obliga a ser testigo falso en juicios jugándote un cargo de perjurio. «Menos mal que con la pandemia pude declarar con la mascarilla puesta» —pensó aliviado—. Lo que sí es muy cómodo es que los ministros o los secretarios de los partidos se ofrezcan a ser sacrificados sin delatarlo como cómplice de sus fechorías. Fechorías que uno lleva a cabo por falta de carácter, que de sobra sabe que no debe abrir esa puerta. Tampoco está mal que cuando dejas el cargo te paguen el mismo sueldo y te pongan secretaria, un coche y escoltas, como si alguien estuviera interesado en hacer daño a un ex. «A mí las tortas me las dieron cuando estaba en el cargo » —pensó mientras se tocaba el pómulo afectado.

Eran ya las siete de la mañana y se levantó de la cama sin hacer ruido para que Jaime no se despertara. Tenía que reconocerle a Zapador que fue un gran avance que hubiera promulgado una ley de matrimonio gay. Pero él tenía que seguir ocultando su relación amorosa porque había apelado al tribunal constitucional la ley. «Ser presidente es muy duro» se dijo para consolarse.

Escribidor el último[1]

Una palabra es un acontecimiento, como lo es el posado de la pata de un mosquito en la película de un estanque de agua. Una pequeña deformación de una totalidad que puede ser pensada —erróneamente— como un fenómeno local. Pero, en realidad, una vez pronunciada produce efectos en toda la realidad circundante, como lo hace la pequeña patita del insecto. Todo el entorno se deforma en la superficie del agua transmitiendo a las partículas vecinas la energía que la atraviesa deformándola en forma de anillos de diámetro creciente hasta que se agota dejando de nuevo reposar al agua, que recupera su tersura.

Al decir «escritor» se interpela al que se señala con esa palabra y lo obliga a pensarse a sí mismo, no ya únicamente como ser humano, sino como aquel que transfiere a algún tipo de soporte lo que piensa. Es decir, el que provoca una ruptura en su entorno y no con una única palabra sino con muchas que desencadenan tormentas de conceptos, imágenes y emociones en quien se expone a sus efectos. El lector necesitará, en general, traducir lo que evocan las palabras a imágenes, porque es el ojo nuestra principal fuente de

---

[1] Este texto no es un cuento, sino la explicación de que se escriban cuentos. No es necesario leerlo si no interesa la trastienda de la literatura. Tampoco se descubre nada nuevo, pero así el libro podía llegar a las páginas que se había propuesto el autor.

información y es en imágenes construidas a partir de aquello que nos entró por el ojo, como mejor comprendemos. Por ejemplo, la dilatación del tiempo evoca la extensión de una magnitud, como es la longitud de una vara, una experiencia que todos hemos tenido, aunque sea con el termómetro de mercurio.

Escribir puede ser un acto mecánico que no garantiza la calidad de lo que se piensa en absoluto. El escritor no es sólo el que escribe —por ejemplo, una lista de la compra—, sino que es el que lo hace con una intención muy especial: la de producir en los demás ondas emocionales o racionales que perturben la tranquilidad de su superficie vital mientras dure la energía psíquica puesta en juego por él.

El escritor para producir esos efectos mágicos de conmover al futuro lector, tiene, él mismo, que dejarse conmover por la realidad, retener sus efectos fugaces, revestirla de ropajes atractivos y transmitirla en la esperanza de que el lector disfrute con su forma o con su contenido. El mayor efecto es cuando ambos aspectos de toda realidad, que van unidos, o mejor, fundidos el uno al otro, ofrecen un conjunto armonioso. Esta división entre fondo y forma es tan antrópica como la división de *doxa* y *episteme* o entre ideas y cosas; alma y cuerpo; superficie y estructura o apariencia y realidad. Todas ellas son formas de una única realidad: nuestra condición de puntos de vista desde los que se juzga la realidad en los detalles para un individuo y como totalidad para la especie. Nuestra conciencia es un parteaguas y no puede evitarlo, en principio. Pero, afortunadamente, sí puede superar esa división en sí misma, aunque no pueda hacerla en sus percepciones. Del mismo modo que no podemos dejar de ver *elevarse* el sol sobre el horizonte, no podemos dejar de percibir el mundo desde nuestra realidad mental. Por eso, fondo y forma literaria constituyen una realidad estética única, que puede tener éxito o ser un magnífico fracaso.

Con ese propósito, el de informar deleitando y deleitar informando, el escritor utiliza diversos puntos de vista, cualquiera de los cuales es tan artificioso como cada uno de los demás. No es posible, como intentó Joyce, trasladar el flujo directo del pensamiento al interlocutor. Su intento de que entendiésemos a Molly es un ejercicio que confunde el sexo con la anatomía. El resultado no es el pensamiento de Molly, sino un experimento estético con poca estética. Se le ha de reconocer la originalidad y parar ahí el elogio. Esa es una ficción como la de hablar en primera persona de forma ordenada, hacerlo en tercera persona, mostrar la trama del mecanismo literario u ocultarla, simplificarla o complicarla. Joyce construyó el más sofisticado de los artificios: el que pretende no serlo. Lo que nadie le negará nunca es el éxito de haber llamado la atención sobre una realidad inasible.

No es pues posible evitar el artificio del escritor. No sólo por todo lo dicho, sino porque, en general, cuando uno se pone a escribir de puño y tecla fluyen pensamientos con más facilidad que cuando se escribe en el aire mental. Las limitaciones de la memoria de corto plazo —su nombre ya da una idea de su naturaleza— explica lo complicado que es mantener un discurso largo sin leer. Para estos casos se usan andamiajes como palabras claves de las que cuelgan parrafadas enteras derivadas de su fuerza categorial. Es decir, cuando se escribe se amplía la información de la que uno dispone con cierta simultaneidad y, por tanto, la capacidad de dar coherencia a las ideas que fluyen en torno a la idea matriz que ha perturbado las aguas de nuestro estanque mental.

El fluir de ideas expresadas como palabras es más cómodo si se adopta el punto de vista de un relator en primera persona: «*Aquella mañana me levanté con un humor de guardia civil en la decimocuarta hora de su turno...*». En este caso la mente de los demás nos está vedada, pues solamente podemos describir sus conductas. Pero también se puede adoptar una actitud de aparente objetividad de un observador ajeno a la acción: «*Jorge prácticamente se desnudó para mear en el urinario con comodidad...*». O se puede adoptar la complicada postura del que habla en nombre de todos: «*Nosotros el pueblo…*». No está nada mal adoptar un estilo indirecto en el que se actúa como un notario de las declaraciones de los demás: «*Fulanito dijo que se encontraba bien, para lo grave del accidente…*». Todos ellos artificios evidentes. Pero, quizá la más pretenciosa actitud del que escribe es la de presentarse como alguien que, no solo describe situaciones, sino que describe los pensamientos y sentimientos de todos los personajes como si tuviera el poder de saber todo lo que pasa por las cabezas de los que participan en una conversación en un bar o están tumbados en su casa fumando en la cama tras un coito: «*Pepe se echó para atrás en su silla y pensó: este tío es tonto*»… o Juan aspiró el cigarro mientras pensaba que: «*…menudo palete había echado…*». Pensamientos que nos puede presentar sin más retraso que el que exige la cadena de lexemas y morfemas enfilados sobre el papel.

Sin embargo, a estos artificios estamos acostumbrados los lectores y, sin ellos, no es fácil recibir una historia de un autor. Se podría experimentar otras formas supuestamente más naturales, pero no permiten construir historias ni transmitirlas. Sería el caso de alguien cuyos relatos consistieran en contar los pensamientos propios con todas sus inflexiones, avances, retrocesos, incoherencias, fragmentaciones. En fin, con todas sus infumables formas de confusión. Si nosotros mismos no nos hablamos con claridad en la aznariana intimidad, cómo vamos a pretender ser claros para los demás si no ofrecemos secuencias claras. En todo caso, si alteramos el curso de los acontecimientos, será para producir sorpresas y poner a cavilar al lector —como hace Cortázar en Rayuela. Pero, añado, que siempre hay que confiar en el interés de nuestros pensamientos para los demás, ya estén ordenados cronológicamente o no.

El caso es que los demás agradecen afrontar un relato limpio de vegetaciones, ordenado o desordenado temporalmente, pero por razones estéticas, no de pretendida naturalidad. En definitiva, la naturalidad fracasa como método de transmisión de información o de emociones. Hay que ser delicadamente artificial.

Un juego estético convincente, ya explorado por algún autor, es el de mostrar la ficción que oculta una realidad literaria haciendo aparecer al autor omnisciente de vez en cuando, rompiendo premeditadamente la magia. Es como mirar por la ventana a la calle interrumpiendo el ensimismamiento de una lectura o un pensamiento. También se puede ir —como hizo Cervantes en la segunda parte del Quijote— de una ficción real a una realidad ficcional, lo que ocurre cuando los personajes reconocen a Quijano y a Sancho porque han leído la primera parte del libro. No está nada mal ese escorzo para ser la primera novela de todos los tiempos —el genio es el genio—.

La temporalidad da, también, mucho juego, pues, siendo el tiempo un eje igualmente ficticio sirve como riel para deslizarse sobre él hacia delante o hacia detrás, fingiendo que es posible. Filósofos como Heidegger o Sartre nos dijeron que actuamos atraídos por el futuro, no empujados por el pasado. Es decir, empujados por nuestros proyectos, nuestras anticipaciones. Heidegger, en su característica jerga, nos habla de un *haber sido*, como una poderosa maquinaria de consumir posibilidades aún no realizadas, pero ya pensadas como ocurridas. Personalmente, creo que el tiempo no existe, pues el rasgo principal del ser es el cambio incesante. Un cambio a distintas velocidades relativas que hemos conceptualizado, a efectos prácticos, como una magnitud medible, que hemos llamado tiempo. Una magnitud a la que le damos, erróneamente, independencia de nuestras acciones. Pero, ontológicamente, lo que ocurre es que la realidad está en permanente flujo sorprendiendo a la conciencia que es parte de ese flujo. Sorpresa que la abruma, por lo que intenta congelar el flujo mediante las poderosas herramientas, que se suman a la razón y sus conceptos, de la memoria y la imaginación. Dos estructuras dinámicas que, paradójicamente, nos permiten reflexionar sobre objetos estáticos autogenerados. Es una especie de presa que retiene el agua que corre para que podamos reflejarnos en ella. Como dice Heidegger, no estamos «en el tiempo», como no estamos en «el espacio», sino que somos cambio y junto con el resto del mundo material constituimos con nuestro cuerpo el espacio. Simplificando en una fórmula: el cambio es la dimensión fundamental del espacio. Estas reflexiones nos permiten, desde el punto de vista literario, identificar una nueva capa de ficción, que no es la que se pensó hasta Einstein y su generación: un espacio y tiempos absolutos en los que las cosas están y suceden. Pues no. Lo que ocurre es que las cosas *son* en incesante cambio. Esa percepción fluida de la realidad no excluye que, por nuestra especial forma de percibir los estímulos, identifiquemos realidades cuyo cambio relativamente lento en relación con el que experimenta nuestro cuerpo permita considerarlas cosas que podemos pensar, manipular y guardar. Una actitud práctica que permite el disfrute y mejora de la vida, pero que no debe hacernos olvidar que somos un tren en marcha desde el nacimiento a la muerte en medio de una realidad igualmente en alocada carrera. Y todo ello mientras nuestras emociones son excitadas poderosamente.

Literariamente podemos actuar como descriptores de esa realidad provisional que nos rodea en forma de cosas y casos o tratar de captar el flujo, lo que despistaría a nuestros lectores. Sería algo así como la descripción que un gato —con escasa memoria y ninguna anticipación de lo que viene después— haría cuando mira por la ventana: «*hay un coche, me da la luz, hay otro coche, me pica la nariz, me asusto con una paloma...*» en una secuencia deslavazada que no permite sentir nostalgia, pero si dolor; que no permite sentir esperanza, pero si miedo... No parece que haya ahí mucho combustible literario. Quizá, al describir la situación de un herido de muerte en el frente, cuyo dolor, tan intenso, le impide el consuelo de los recuerdos benignos y obstaculiza el goce de un porvenir.

El tiempo —que no existe— solamente tiene dimensión suficiente para que podamos ser seres espirituales gracias al colchón que la memoria y la imaginación crean para evitar que nos cortemos en la afilada hoja del presente —como le pasa a mi gato Leo, que mira por la ventana sin tener la sensación de haber visto la escena miles de veces. El presente es para nosotros, al contario que para él, la oportunidad única de repasar lo que fue y construir lo que será.

Armados, pues de la capacidad de captar cosas y casos, conscientes de que unas y otros conforman el espacio y el inexistente tiempo y habilitados para darle forma estética a todo ello de manera que se exciten todos nuestros sentidos, emociones, sentimientos, junto a la capacidad de razonar, se hace literatura. La razón, esa estructura formal que la experiencia de eones ha dejado impresa en nuestra herencia específica. Armados, digo, de todo eso, escritores, intentad hacer buena literatura, pues la ficción recordada por los lectores tiene la misma calidad e intensidad de la memoria de la vida misma.

El siglo XXI es pródigo en crisis como resultado de la codicia de bienes materiales o supuestamente espirituales, como el nacionalismo, que son expresiones del miedo a la muerte. A pesar de ello, será posible hacer una literatura que nos redima señalando, paradójicamente, el camino recto que va desde la realidad —el dolor— hasta la ficción —la esperanza—. Eso ha intentado este autor convirtiendo en ficción desde un desahucio a la navegación en una patera.

Otros libros del autor

El regreso de la ira (2022)

Una hora en la ciudad (2022)

Metafísica Banal (2021)

Jorismós (2021)

Las tres gracias (2021)

Cuentos (2021)

Antonio Fernández Alba (2021)

50 artículos que nunca leerá en El País (2020)

Ser jubilado (2019)

Prospética (2005)

Perplejidades humanas (2004)